光文社文庫

長編歴史小説

前田利家(上)

新装版

戸《と》部《べ》新十郎《しんじゅうろう》

KOBUNSHA

前田利家《まえだとしいえ》――（上巻）

前田利家（上巻）目次

幼な妻

一

前田利家《まえだとしいえ》の生まれた尾張荒子城《おわりあらこじょう》は、現在の名古屋市の西部、中川区荒子町にあった。

寛文年中にできた『寛文村々覚書』によると、

「古城跡、東西三十八間、南北二十八間。先年前田又左衛門居城の由。今は畑になる」

とある。

それから五十年ばかりのちの享保のころ、加賀藩士山本基庸は、藩祖発祥の地を巡ってきたが、その見聞談が『可観小説』にのっている。

「城跡は僅《わず》か方一町ばかりもあろうか。大手の虎口は、北に向いている」

両者の記録に、いくらか距《へだた》りがある。

山本基庸のほうは、かれがいつも見なれている金沢城の規模と比較したせいだろうか、方一町の大きさを、

〈僅か〉

と形容しているのがおもしろい。

どちらにしろ、荒子城は〝城〟とすれば僅かかもしれないが、土豪の〝館〟とすれば、さして小さくもない。戦国期、尾張だけでなく、そこいらじゅうにあった土豪の構えの一つである。

高《たか》は二千貫あった。のちの石高に直すと、五千石余りになる。

天文のころの当主は、前田縫殿助利春《ぬいどのすけとしはる》であった。

その先はよくわからない。菅原道真の末とも、藤原利仁の流れともいうが、何代か前に、美濃安八郡《みのあんぱち》前田村から移ってきた。

利春その人は、思慮深く、篤実《とくじつ》な性で、織田氏に属して信用があった。

このさい、

〈属している〉

というのは、あいまいなようだけれど、やむをえない表現である。

もともと、土豪はなにも、だれの家来というわけではない。自分を含む一勢力圏のより有力な者に、かりに帰属しているにすぎないものだ。

その有力者の盛衰につれて、右でも左でもつく。生存のためには、そうしなければならないのである。

こんななかで、律儀者《りちぎもの》と称されるのは難しい。窮屈な主従の忠義ではない。たとえ離反するようなことがあっても、一つ一つの行動に、篤実に義理を果たす、というくらいの意味だろうか。

じっさい、かれの属する織田家そのものが、勢力にずいぶん浮き沈みがあったし、内部でよく有力者が交替した。

当時、もっとも有力だったのは、

〈弾正忠《だんじようのちゆう》〉

と名乗る家系である。

そのあらましはこうだ。守護斯波《しば》氏の下に、守護代織田氏がいて、岩倉織田と清洲《きよす》織田の二家に分かれた。清洲織田家には同族の三奉行がいて、差配していたが、うち弾正忠信秀《のぶひで》という者が抜け出し、他の二奉行を押さえ、清洲織田家にとってかわり、尾張ぜんたいの織田氏を代表するほどにのし上がった。

信秀はすなわち、信長の親である。

前田利春の属していた織田氏というのは、とりもなおさず、弾正忠織田家ということになる。

利家はこの利春の四男である。天文七年の生まれで、干支《えと》が戊戌《つちのえいぬ》だったので、幼名を犬千代といった。

利春は幼児を見て、

「美しい顔をしおって」

とだけいった。

さほどの期待はない。何人もの男の子たちに、いちいち思いをこめていられないのである。が、美しい容貌はじじつだった。後年の肖像画を見ても、なかなか端正だし、

『前田創業紀』という本には、

「容貌端麗、幼にして穎悟《えいご》聡敏」

と書いてある。

武将を語るのに、聡明さをうたうことがあっても、容貌に触れることはあまりない。当時の荒くれ大名のなかでは、きわ立っていたのだろう。

何人も子供がいると、それぞれひいきの家来ができる。犬千代には小塚藤右衛門という者がついた。

かれは隣村小塚村の男で、利春に従って、なんどとなく戦に出ている。足に疵《きず》を受け、片足を引きずって歩くのが特徴だが、少年に成長し、可憐な風情をただよわす犬千代を、

〈お犬さんは、日本一の若衆だわ〉

と自慢して歩いた。

けれども、いったん槍《やり》を握ると、可憐な少年の相が、がらりと変わった。真っ赤になって力み返り、まなじりが裂けるほど眼玉をむく。

藤右衛門は、

〈樊噲《はんかい》〉

のようだといった。かれはその顔もまた嫌いではなかった。

なにせ、槍の稽古がすさまじい。稽古場は荒子川の縁だが、槍を握った藤右衛門を堤の前に立たせ、一散に、突き立てるのである。

槍はむろん、本身《ほんみ》である。藤右衛門の槍はかつて流した血と汗がこびりついているものだったし、犬千代の槍は大身《おおみ》、長柄《ながえ》の雄壮なものだった。

だいたい、大身の槍は概して柄が短いとされたものである。身《み》の長いのは、長刀《なぎなた》の名残りで、柄も操作しやすいように、六、七尺ぐらいだった。

江戸初期の仮名草子『犬枕』にも、

「短くてよきもの、大身の槍柄」

といっている。

けれども、犬千代にはかれなりの考えがあった。

そのころ、穂が短くても、柄の長い槍がはやっていた。はやるというより、槍隊による団体戦法の必要から、そうなったのだが、犬千代はその長柄に、長刀の利点がある大身をくっつけたわけだった。

これはしかし、少年の手には重すぎる。それでも歯を喰いしばり、眼をむき、ひたすら突っかける。

遠慮会釈はない。本心から藤右衛門を突き殺そうというものだ。

藤右衛門も負けてはいない。不自由な足を踏んばり、ややもするとよろめきかかる大身の槍を、払い、打ち、ののしり、しまいには唾まではきかけた。

やがて、藤右衛門を狙った穂先が、堤の土くれに突き刺さる。その位置によって、藤右衛門は、

「まだまだ」

とか、

「よう詰められた」

とか、叫ぶ。

そんなことを、何十度も繰り返すのだった。

天文十九年の秋のある日、堤を背に槍を揮《ふる》っていた藤右衛門が、ふと背伸びして、

「ほい、お屋形《やかた》だわ」

といった。

うしろ向きの犬千代にはわからない。それに、その日利春は、東へ二里の那古野《なごや》の

城に行ったはずである。西から戻ってくるのは解《げ》せぬことだった。

「それがどうした」

犬千代が槍を構えるのに、藤右衛門はまた妙なことを口走って、槍を引いた。

「はて、女子《おなご》を抱えてござるわい」

振り向くと、従者一人を連れた利春が、馬を流れに乗り入れたところだった。

なるほど、肩衣《かたぎぬ》もいかめしい腕の中に、女の子を抱いている。三つか四つぐらいの幼児である。

遠くからだが、その女の子の瞳が、ひたと見開いて輝いていた。なにか鷹《たか》でも据えているような趣きに見えた。

馬は見るまに近づいてきた。

「お戻りなされませ」

犬千代が一礼するのに構わず、利春は、

「もう稽古はやめたのか」

といった。

「いえ、一《ひ》と休みです」

「では、続けたらどうだ。この子が見たいといっている」

「その子がですか。いったい、どこのお子です」

「これか」

利春は笑いもせずに、ぽつんといった。

「おまえの嫁御さ」

どうも唐突すぎる。どう反応していいかわからない。

かわりに藤右衛門が、

「ほう」

と頓狂な声をあげ、犬千代と女の子の顔をしきりに見較べた。

「犬よ」

「はい」

「そなた、いくつになった」

「十三です」

「すると、九つ違いか」

利春は勝手にうなずいた。いくつ違いといわれても、犬千代にはまったく実感がない。

そんな当惑げな犬千代を、女の子がきっちり口を結び、瞳をこらして見入っていた。

魅入られそうな眼である。

「那古野の話だが」

利春の話が、ひらりと変わった。

「来春、そなた那古野の城へ上がることになった」

「それは有難いことです」

この話なら大いに実感がある。かねて望んでいたことでもあった。

那古野には信秀の後嗣《こうし》と目される奇態な男がいる。

〈尾張の大うつけ〉

とうたわれる信長である。

「吉法師《きっぽうし》（信長）さまには会えなんだが、平手政秀《ひらてまさひで》どのによくお頼みしておいた」

信長の傅役《もりやく》で、数年後、諫死《かんし》する人物である。

「しかし、平手どのは命を呉《く》れと申された。どういうことかな」

利春はよくわかっていて、こういった。つまり、うつけの信長のもとでは、命が保《も》たぬかもしれないというわけだった。

「仕えるなら、一命を差し上げます」

「わしもそう答えておいたが、じつはどうでもいいことだ。命はそなたのもの、呉れというのは先《さき》さまだ。気が合うたら呉れてやってもいい」

妙ないい方だが、それなりに筋は通っている。

後世のように、ひたすら死をもって忠節を尽くせとはいわない。また、そのような時期ではなかった。

げんに、信長が後嗣ときまっただけで、もう離反者が出ているという。なにも、うつけに命を差し出す必要はないのだ。

犬千代はしかし、

「いえ、差し上げます」

と重ねていった。

「それならそれでいい。しかし、早死にすると、この嫁御が悲しむことになる。あずかるわしも困る」

「そいつは、どうも」

返事のしようがない。利春は少し、笑った。

「稽古はいずれゆっくり見せてもらおうな。さあ、去《い》のう……」

と、女の子に話しかけ、馬首を向け直した。馬はゆっくり歩き出した。

従者が素早く、犬千代にささやいた。

「なに、高畠《たかばたけ》さまですよ」

〈なるほど〉

と思う。

高畠村に住む高畠左京太夫のことである。その先は鎌倉の家人で、尾張にきて守護斯波氏に仕えていたが、いまは織田家に属する郷士である。利春と昵懇《じっこん》の仲だ。

女の子はしかし、左京太夫の実の子ではない。篠原安阿弥という織田家の咄衆《はなししゅう》であった者の娘で、安阿弥の死後、母親が娘を連れて、高畠家へ再嫁してきたものだ。

たまたま、左京太夫の倅、左門吉光と犬千代の妹とのあいだに縁談が起こっている。

利春はまるで交換のようにして、この女の子をもらってきたのではあるまいか。

女の子の名は、まつ。

右の事情によって、本姓は高畠氏を名乗り、また篠原氏を名乗る。のちの芳春院《ほうしゅんいん》である。

『孝拠摘録』によると、

「芳春院さま仰せられ候は、幼少のじぶん、破魔矢《はまや》に射らせられ、大納言（利家）さまにお叱られなされ候由、御物語承り候。ことのほか、御幼少の御輿入《おんこし》れと存じ奉り候」

とある。

じっさいの輿入れがあったかどうかは別として、幼いじぶんから前田家にきていたのはじじつである。それにしても、破魔矢をいたずらして、犬千代に叱られたというのは、ほほ笑ましい。

このときしかし、犬千代はなにもわからない。しだいに小さくなっていく馬上の利春の腕の中で、ちらちら揺れる童髪を、つくねんと見送っているばかりだった。

二

翌天文二十年正月、犬千代ははじめて信長にまみえた。

那古野の城はのちの名古屋城二の丸あたりになる。そこの庭に続く矢場に、信長はいた。

えらく短い袴をはき、腰にいくつもの袋を下げていた。そして所持しているのは、弓でなく、鉄砲だった。

垜《あずち》に向かって一発、二発、撃って、ひょいと振り返り、

「われか、犬千代は」

といった。

茶筅髷《ちゃせんまげ》がぴんとはね上がり、眼が青くきらめいて見えた。なかなか迫力がある。犬千代も負けずに見返していると、腰の袋へ手をつっこんだ。

「手を出せ」

犬千代が両手を揃えて出すと、手ずから二、三粒の焼き栗を載せた。

「これを呉れよう。食べろ」

信長はいい、自分も一粒、二粒、嚙んだ。それから、勢いよく皮をその場に吐き散らし、

「利久《としひさ》は達者か」

といった。

犬千代の長兄である。これは古渡《ふるわたり》の信秀のもとへ出仕している。

ぶっきらぼうでいて、家族の構成をちゃんと心得ている。心得ているばかりでなく、言葉に出してねぎらうのも、大将の素質の一つである。

「仲はどうだ」

「まずまずの睦まじさでございます」

ありのままの返事だったが、信長は気に入ったらしい。

「まずまずか」

と笑った。

たとえば、いたって睦まじいといったにせよ、仲が悪いといったにせよ、信長の反応は変わっていたはずだった。

信長はうつけたさまをさらしながら、じっと肉親、同族、家臣たちの動向を睨んでいたのだろう。その必要が幼いときから続いている。じじつ信長は、何年にもわたり、肉親、同族の争いに明け暮れることになる。

なによりもまず、一族内で勝ち抜かねばならない時代だった。

もしかしたら、親の信秀とも戦わねばならないかもしれない。そのとき、犬千代は兄利久と敵味方になる。そんな背景で、さりげなく兄弟仲を訊《たず》ねている……。

目見得《めみえ》はしかし、それだけで終わった。信長はもう、鉄砲を撃ちはじめている。

そもそも、その鉄砲も、足軽風情の持ち物で、将たるものの触れるべきものではないといわれていた。

が、信長は平気である。つぎつぎに弾をこめ、つぎつぎに放つ。撃発音と煙硝の匂いのなかで、この若い大将は異様に聳《そび》え立っていると思われた。

むろん、この異様さは優れたことの表現だった。そして、親しみは口中の焼き栗の味となって残った。

「気に入られたようだ」

と平手政秀が犬千代に声をかけてくれた。そうかといって、喜びとも安堵ともいわなかった。

「気に入られると、かえって奉公が難しいこともあるぞ」

平手は独り言のようにつぶやいた。忠実で、わけ知りの長者の相貌だった。

犬千代はしかし、

〈難しい奉公をしてみせる〉

と思っていた。
初禄は五十貫である。百石余りになる。
以来、犬千代は常に信長の側にあった。信長もまた、
「お犬、お犬」
と眼をかけた。
『亜相公（利家）夜話』には、
「信長公の秘蔵にて、一時もおん離れなくご奉公のよし」
という。
男色関係である。気に入りの美少年に対し、当時ごく普通に起こった寵愛だった。
一つには、それ自体、固い主従のきずなでもあった。
三月、信秀が死に、はやくも同族の間に不穏な動きが目立ってきた。そんななかで、
犬千代は、八月、具足着初《ぞ》めをした。
待っていたかのように、清洲にいる三奉行の一人、織田彦五郎と海津《かいづ》で戦った。
犬千代にとっては初陣である。握るは大身長柄のみがかれた槍だった。近習のだれ
よりも早く駈け出して行って、首級をあげた。

「お犬め」

信長は鞍をたたいて喜んだ。

このあとすぐ、信長の伯父津田孫三郎信家を烏帽子《えぼし》親にして元服し、はじめて孫四郎利家と名乗った。その名は、烏帽子親孫三郎信家の称諱をもらったものである。

ひき続き、もっぱら同族や今川へ寝返った諸豪相手の戦に従った。弘治《こうじ》二年には、信長の弟、信行一党と稲生《いのう》で戦った。

信行は、うつけで異風好みの信長に較べ、たいそう温良謹厳な性《たち》だった。母親はもちろん、柴田勝家《しばたかついえ》、林美作守《みまさかのかみ》といった譜代の士も、信長を廃し、信行を立てる側についた。もっとも象徴的といえる肉親との争いだった。

利家には人物の評価、比較はまったく不要である。常に眼前にある主人が主人であり、一種心酔の対象になっていた。

このときも、槍を揮って先登に立った。たまたま、信行方の小姓頭、宮井勘兵衛《みやいかんべえ》という者の放った矢が、利家の右目の上に刺《ささ》った。

利家は矢を抜かず、そのまま奮進して、勘兵衛の首をあげた。信長はその首を馬上に振りかざし、

「お犬は小倅なれど、この手柄を見よ」

と叫んだので、味方の気勢大いにあがり、いちどきに敵を押し崩した。

『陳善録』には、おもしろい思い出話としてのっている。

「利家は、鶴汁を見ただけで虫気《むしけ》が起こった。なぜかというに、信長公が安土《あづち》で諸将を集めて鶴汁を振る舞われたとき、かの稲生における利家の手柄を話し、このように天下を鎮めたのだと物語られた。諸将は利家にあやかりたいと、われもかれも寄ってきて鶴汁をすすめたので、つい度をすごし、いたく当たった。以来、鶴汁は見ただけで虫気をもよおすのである」

この戦功で、利家は百貫を加増された。もう押しも押されもせぬ近習の出頭人だった。

このころ、奇妙な男が利家に近づいてきた。そのきっかけもまた、妙なことだった。利家が城内の厠《かわや》で用を足していると、まったく思いがけなく、肥壺の中から声がした。

「なにゆえあって、しょんべんをおかけなさるのか」

利家は驚いた。元来、そこはしょんべんをかけるところであるにもかかわらず、たいそう悪いことをした思いになった。

「これはなんとも申しわけない」

利家が謝ると、そいつは肥壺から這い上がってきて、にやりと笑い、

「なに、おわかりになればよろしいのです」

といった。

猿のような顔つきの貧弱な男である。その顔はしかし、初めてではない。馬小屋のあたりでも見たし、用部屋へ炭を運んでいるのも見た。いつもせわしく動き廻っている男だった。

「前田さまでございますな」

ちゃんと名前も知っている。

「さよう」

「あなたはよいお方だ。なかには、しょんべんをひっかけておいて、威張っていらっしゃる方もある」

そんなことをいわれると、そいつがなぜそんなところにいるかという疑問も、いい

出しにくくなる。

「手前、藤吉郎《とうきちろう》ですよ。木下藤吉郎」

そいつは念を押すようにいった。

「さようか。いや、悪かった。いずれつぐないはする」

「いえ、そのうち寄せていただきますよ。よろしいでしょうか」

「ああ、いいとも」

藤吉郎という男のくったくない弁口のせいだったのだろう。なんとなくそういう結果になった。

藤吉郎は言葉通り、利家のところへやってきた。

利家はこのころ、荒子を出て那古野城下に独り住まいしている。藤吉郎はくるたびに、酒をぶら下げ、器用に肴《さかな》を作ったりした。

じつは、藤吉郎が肥壺にひそんでいたのは、人間の排泄という一瞬をとらえ、顔と名を売ろうとしていたのだった。利家以外にも、突然、肥壺から声をかけられて驚いた者がなん人もいる。

ことに利家は、信長の寵臣である。藤吉郎はその利家に近づきたがっているのだろう。

利家はほぼ藤吉郎の魂胆がわかっていた。けれども、かれのくったくない言動は、魂胆を魂胆と思わせない親しみがあった。

だいいち話がおもしろかった。たぶん、下積みの社会を生き続けてきたに違いない男の、それは悲しさを秘めた滑稽談だった。

利家は藤吉郎を下賤な雑人《ぞうにん》としてでなく、友人のようにあつかった。老けて見えるが、ほんの一つ上にしかすぎず、たまたま立場は違っても、乱れた世の中に立たされた同世代の若者としか思えなかったのである。

弘治という年号があらたまり、永禄となった。

この七月、信長ははじめて岩倉城を攻めた。同族のうちの最有力な敵だった。このときも利家は奮戦して、首級を一つ、あげた。

秋とはいえまだ暑い夕景だった。肌脱ぎになって、藤吉郎と酒を酌み交わしていると、ふいに小塚藤右衛門が不自由な足を引きずってやってきた。

「お達者きゃあも」

大声をかけ、しかし自分より先に、少女をさきに押し込むようにした。

「ほれ、嫁御でござるわい」

まつだった。

利家はしばらく、見つめた。まったくはじめて見るどこかの少女のように思えた。

まつのほうは、ごく単純に、嫁が亭主のもとへきたにすぎないという顔つきだった。

両手をついて挨拶し、同席の藤吉郎にも辞儀をした。

おかしいのは、藤吉郎の慌てようだった。いそいで帷子《かたびら》をつけ、なにかわけのわからないことを口走った。

〈黙っていても、嫁御がやってくるのか〉

そんなようなことをいって、感心しているようだった。羨む色が少なからず、ある。

「なに、おやじが勝手に寄越したのだろう」

利家がいうと、まつがきちんと坐っていった。

「わたしが望んだのです。お屋形さまは、なにも申されませぬ」

たしなめるというより、思いのたけを吐き出すようだった。

「さようさよう」

と傍から藤右衛門が口を挟んだ。

「夫婦《めおと》は離ればなれになってはいけませんな」

「なにも好んで離れたわけではない」

利家はぼそぼそといい返した。あまり冴えない。

考えてみると、離れるもなにも、夫婦の暮らしをしたわけではなかった。どうも藤右衛門の口に乗ってしまっているようだった。

「だから、ここで改めて祝言《しゅうげん》をなされ。さよう、この仁に仲立ちをお願いなされ」

藤右衛門は初対面の藤吉郎を指さした。

「おれかね」

「さよう」

「おれはまだ独り身だ」

「独り身もくそもござるかい。仲立ちをなされ。そのかわり、こんどおまえさまが祝言のおり、わが犬千代さまに仲立ちしておもらいなさるがいい」

老人は性急だった。ちょうど、その場に拡げられてあった酒、肴を手早く並べ直した。

「さあ」

藤右衛門が瓶子《へいじ》を無理無態に、藤吉郎にもたせ、盃を利家とまつの前に置いた。

「では」

藤吉郎はいったん眼をつむり、それから眼を見開くと、えらくいかめしい顔つきになった。この男、ある地位と場所を与えられると、それなりに恰好がつくようだった。

酒が注がれた。まつが飲み、利家が飲んだ。性急な老人と、いかめしい顔つきになった藤吉郎にせかされたようなあんばいだったが、飲み終わってまつを見ると、まつは黒い瞳を、くるくると動かして、見返していた。

破れた庇《ひさし》から、ちょうど月の光が洩れていた。このとき、利家二十一歳、まつ十二歳である。

三

永禄二年は、信長がようやく尾張一国を統一した年である。

二月に上洛して、将軍義輝《よしてる》に謁し、三月にはすかさず岩倉織田氏を攻め滅ぼした。

もはや、同族の争いではなかった。将軍家から認められた尾張守護職が、反抗する敵を討ったということにすぎない。

いっときの安穏だった。将軍家の威勢は弱く、駿河《するが》の今川、三河《みかわ》の松平、美濃の斎藤氏ら近隣の動きも活発なので、とても天下泰平とはいえないが、ぽっかりあいた安穏の空間である。

その年六月初めの夕景、清洲城下の利家のもとへ、小塚藤右衛門がやってきた。それを見て、

「おやじどのでござります」

藤右衛門の伜、藤丸がひとごとのようにいった。

そのころ、利家にも家来がいる。一人は荒子村の住人、村井玄蕃の伜の長八郎という者で、利家が父の縫殿助利春から譲り受けた。十四歳になる。

いま一人が藤丸で、十二歳。

二十二歳の主人利家に仕える十四と十二の少年たちだった。まめまめしい働きぶりは、見ていても気持ちがいい。

「きたか」

利家には藤右衛門の現われたわけがすぐにわかった。

高畠村の実家へお産に帰っていたまつに、赤児が生まれたのだ。夫婦になれば、だれだって子供ができる。けれども、十三歳の母親だった。子の親という実感はあまりない。どちらかというと、なにか大仕事をやってのけた十三歳の少女をねぎらいたいだけである。

藤右衛門は、近づいてきて、まず汗をゆっくり拭った。炎天の下、てくてく歩いてきたものらしい。それから、

「芽出たく赤児《やや》が生まれましたぞい」

ぼそりといった。

ことさら駈け込んだという気配もないし、口ぶりも淡々としている。利家は、

〈女の子だな〉

と思った。

「ちんぽこは、なかったのだな」

「ござらなんだ」

藤右衛門は笑いもせずに答えた。

「あるべきものがぶら下がっていたらば、手前がまた、槍をお教え申し上げることが

できましたに」

少々、不服げである。が、これぱかりはなんといわれても仕方がない。

「槍は赤児の亭主になるやつに、教えてやってくれ」

「これはごもっとも」

「あんまりうまく教えて、わしより強くするな」

藤右衛門、にやりと笑った。

乱世である。じっさいに、そのようなことがないとはいえない。

たとえば、信長と舅《しゅうと》斎藤道三の対立があった。直接、戦いがあったわけではないが、聟《むこ》、舅といっても油断がならない。

生まれたばかりの女の子の、そのまたどこのだれともわからない将来の聟《むこ》を肴の冗談である。乱世の冗談はなかなかきつい。

「で、まつは達者か」

「達者でござる。なにせ、ぴょこんと赤児さまが飛んで出たそうでござるげな」

「それなら重畳《ちょうじょう》」

とくに、赤児の様子は訊ねない。赤児とは、元気であるべきものであり、丈夫ならそれでよかった。

「どうなさる。行って御覧なさるか」

「別に。いずれここへくるのだろう。赤児の顔を見に、いちいち女房の実家《さと》へ行っておれるか」

「御寮人《ごりようにん》さんも、さよう仰せでござった」

「どう申した」

「わざわざいらせられるにはおよばぬ、自ら抱いて行ってお見せする、と」

「そうだろう」

「まったく、仲がおよろしいのか、お悪いのか、見当もつかぬ」

と、藤右衛門は振る舞い酒を、ぴちゃぴちゃ音を立てて飲んだ。

しばしの安穏のときだが、信長という人物は、いつなんどき、どのような行動に出るか、わかったものでない。常に応じられる構えが、信長を主人にもった者の務めなのである。

「では、これで手前のお役目は果たしました。こんどは、赤児さまの供として参りましょう」

藤右衛門は、はや立ち上がっている。

「お名は」

「そうさな、こう、とでもよんでおくか」

「おこうさま、ですな」

一つ二つ、うなずいた藤右衛門は、別に伜藤丸に声をかけるでもなく、まだむんとむれる暑熱の道をとって返した。

このおこう、古い同族前田与十郎へ嫁すことになる。のちの対馬守《つしまのかみ》長種で、前田家初期の柱臣だった。

果たして、十日ばかり経つと、赤児を抱いたまつが、輿に揺られてきた。子供こどもしていたまつが、きゅうに大人っぽくなって見えた。顔色もなぜか色白く、あかぬけしたようだった。

まつは黙って、赤児を差し出した。利家も黙って受けとった。ほとんど重みというものがなかった。

〈これがわが子か〉

まるで異物のように、その寝顔を覗き込んだ。それから、眼前のまつのおでこを、ちょいと指で押した。まつがにっこり笑った。

少年たちが、そんな微妙なさまを、真面目くさって見つめていた。それでも、年長の長八郎が、藤丸に、

「これから忙しくなるぞ」

といった。

どうして忙しくなるのか、じつはわからない。御寮人が戻り、赤児が増えたにすぎないが、それだけのことで、ひどく賑やかで、じっとしておれない気持ちの表現だったのだろう。

つまりは、仕合せということだった。

四

事件が起こった。

信長の同朋《どうぼう》に、十阿弥という者がいる。同朋というのは、江戸時代になって、お坊主、といわれたもので、城内の給仕役である。

そいつはかねて、信長に気に入られていた。この男が、利家の脇差についている

笄《こうがい》を盗んだ。

信長に従い、馬場で馬を乗り廻したあと、井戸端で裸になって、体を拭っている隙だった。

不用意な者なら、即座には気づかなかったかもわからない。利家はしかし、用心がいいという以上に、

〈かぶき者〉

とよばれた男だった。

かぶき者とは、意地強く、その顕《あらわ》れとして異風になる。衣装、もちものにも凝《こ》る。その笄は、金の象嵌《ぞうがん》のある自慢のものだった。脇差を腰にするとき、常人以上に、気をつけて差すのが癖である。

見廻すと、僧体の男が利家の視線をふいと避けた。平生、要らぬ世辞をふり撒《ま》くほうだった。

利家は歩み寄って行って、

「坊主に笄が要るものか」

といい、なおもそっぽを向く十阿弥の坊主頭を、扇子で二度三度、打ち据えた。

ぽろりと笄が落ちた。

「見ろ」

十阿弥が蒼い顔をして、立ちすくんだ。

そこへ、佐々内蔵助成政《さっさくらのすけなりまさ》が駈けつけてきた。

成政は春日井《かすがい》郡の住人で、利家と同年である。仕官も同じころなら、働きぶりも目ざましい。

ぼつぼつ、互いに意識し出していた競争相手だった。むろんこのときまだ、かれらが加賀《かが》と越中《えっちゅう》の隣国同士の領主として、争い合う仲になろうとは、夢にも思わない。

「どうするつもりだ」

成政が間に立った。

成政は十阿弥をひいきにしている。ときどき、十阿弥の卑しい世辞笑いと、成政のいたずらにでかい空《から》笑いが聞こえることがあった。どうせ、ろくな話柄ではなかっただろう。

が、利家は成政の顔を見るまで、扇子で打擲《ちょうちゃく》するだけで許してやろうと思っていたが、事情が違った。

「盗人は、成敗する」

「斬るつもりか」

「さよう、斬ったほうがいい。殿やわれらの身近にある者だ。見せしめにもなる」

「そうでもあろうが、こんどばかりは許してやってくれ。われらもとくといい聞かすゆえ」

「盗人の性《さが》はいい聞かせたぐらいでは直らぬ」

「そこを許してやってくれ」

利家はもう、口をきかなかった。

そうかといって、その場で斬り捨てるわけにはいかない。主人信長に訴え、許可を得るつもりである。

すでに、だれかがこの騒ぎを信長に告げていた。信長は利家を呼び、顔を見るなり、

「お犬、勘弁してやれ」

といった。

信長にいわれては仕方がない。やむなく許すことにした。

ところが、まもなくこんな噂が耳に入った。

「男がいったん、斬る、といっておいて、たとえ主人の仰せとはいえ、許すことがあるものか。それくらいなら、はじめからいわぬほうがいい。利家という男、存外なまぬるい」

たぶん、成政あたりがいい出したことだろう。成政の笑い声が聞こえるようだった。

いつまで経っても、暑い日が続く午下《ひるさ》がりだった。信長が二ノ丸櫓《やぐら》に上がって、風に吹かれているとき、ちょうど櫓下を十阿弥が通りかかった。

「おのれ」

利家は駈け寄って行って、一刀のもとに斬り捨てた。

見ていた信長が腹を立てた。

「犬め、わしに面当てしおったな。成敗してやるわ」

刀を摑んで櫓を駈け下りようとした。側にいた柴田勝家と森三左衛門《もりさんざえもん》が、必死になってとどめた。

こんなさいは、いいわけはいらない。また聞く信長ではない。二人は体を投げ出し、信長の前に立ちふさがった。

とくに党派を作っているわけではないが、自然にひいきひいきができるのはやむを得ない。二人とも利家びいきだった。

ことに、勝家は利家の律儀さを好んでいた。自らも律儀朴直であり、この後輩の一《いち》途《ず》な人柄を、高く買っている。

いったん、信長の気勢がくじけたところで、

「お家のためになる男でございますぞ」

と申し立てた。

信長は成敗を思いとどまった。が、長の暇《いとま》を呉れた。要するに、牢人である。

そういい渡したのが勝家である。

「いずれとりなしてやる。短気を起こしてはならん」

とつけ加えた。やったことに対しての批判はしない。このころの武士の判断は、ことの善悪ではなしに、やったかやらなかったかであり、男がこうと思ってやった結果については論じない。

ただし、短気を起こすな、というのは微妙である。もしかして、今川や斎藤に走ってはならない、といういましめであり、あるいは自ら鬱屈してしまうことを案じたものである。

先輩の親切心というものだろう。

「わかっていますよ、おやじどの」

利家は笑っていった。かれは勝家のことを、こうよんでいる。

「しかし、手前のやったことは、手前で始末をつける。おとりなしは、それからあとにして下され」

「心得た。身体《からだ》をいとえよ」

いずれ、戦が近い。戦場《いくさば》で手柄を立てよ、というつもりだった。

その日、利家はにこにこと笑みを浮かべて城から下がってき、

「まつは赤児を連れて、荒子へ行け」

と、いきなりいった。

まつはなにもわけは訊ねない。黙って、利家の顔色を読み、

「荒子のお城へ参るのでございますね。高畠へ参るのではありませんね」

といっただけだった。実家へ戻されるのではないことを確かめただけである。

「で、あの子たちはどうなされます」

同じ年ごろの家来たちのことである。

一緒に城へつき従って行った長八郎だけが、騒ぎを聞いて知っている。蒼白な顔で、唇を噛みしめているのは、むしろけなげだった。

「荒子であずかってもらう」

「で、おまえさまはどうなされます」

と、最後に利家のことを訊ねた。

「寺へでも入る」

「出家なさるのですか」

「してもいいが、しなくてもいい。坊主を斬ったのだから、寺へ入ってもいいだろう」

「そうですか」

まつは逆らわない。かりに出家したとしても、それで、一生を終える人とは思っていない。戦があれば、飛び出してくるに違いないのだ。

ずいぶん、淡々とした別れだった。

まつはふたたび赤児を抱え、輿に揺られた。そのあとを、少年たちがなにか怒ったように、肩をいからせてついて行った。

利家は後年、この牢人中のことを、つぎのように述懐している。

「人は非運に沈んでみなければ、友の善悪もわからず、おのが心も知れぬものだ。わしが若いころ、十阿弥を斬って牢人していたときに、かねて兄弟のように仲よくしていた朋輩どもも、ほとんど見舞いにもきてくれなんだ。いろいろと世話を焼いてくれる者はまことに少ないが、そんな人間でなければ、頼りにはならぬ。また、人間非運のときには、わが心もひがむものだ。情けないものよの」(『亜相公夜話』)

利家にはしかし、多少のあてがあった。

鳴海《なるみ》に瑞松寺《ずいしょうじ》という総持寺《そうじじ》系の寺がある。応永十一年大徹和尚《だいてつおしょう》の開山で、文亀年中にこの地へ移ったものである。

そこに、岩恕《がんじょ》という僧がいる。

一年ばかり前、父利春が病気で臥せったというので、荒子の城へ見舞いに赴いた。その帰り、路上で一人の僧に会った。

年は四十あまりだろう。いきなり、

「荒子観音寺というのは、どこかね」

と訊ねた。ぶっきらぼうな口調だった。

武士を武士とも思っていない様子である。

利家はすかさず、反問した。

「諸国を巡歴する禅坊主が、道を訊《き》くのかね」

「歩き廻るより、訊ねたほうが早い」

聞きようによっては、喧嘩口調だった。それでいて、憎めない。色黒で、不精髭を生やしたまん丸な顔かたちが面白い。

「なるほど。しかし、禅坊主が天台寺院を訪ねて、どうするつもりかね」

「どこへ行こうと、わしの勝手だ」

「それはその通りだが、あそこはいま、衰微していて、見る影もない。かつては尾張四観音の一つとして、伽藍《がらん》が建ち並んでいたものだが」

「むかしの名声も、大伽藍も関係がない。わしは、仏が好きでな。おかしいか、坊主の仏好きというのは。じつは坊主のたいがいは、仏が嫌いだ。嫌いというより、わからない。わしは好きだ。そこの聖観音は泰澄大師《たいちょうだいし》の御作というではないか。一見しておきたい。泰澄が作ろうが、だれが作ろうが構わんが、わしが見て、よいものであれば、寺は定《さだ》めし、もち直すことになるだろう」

どうやら、仏の造形美を求めている男らしい。こんな僧は珍しいが、僧としては異端であり、たぶん不出来のくちだろう。

利家は聞いていて、妙なおかしさがこみ上げてきた。

「では、わしが案内してやろう」

「そのほうが都合がいい」

僧は辞儀もしないで、こうすましている。

「都合がいいというのは、案内するからではない。わしが一緒に行かないと、観音仏を見せてもらえないだろうからだ」

「おまえさんは何者かね」

「そこの城をあずかっている者の身内だ」

僧はさして驚かず、

「名は」

「前田又左衛門」

このころ、利家は又左衛門を俗称にしていた。その名を、僧はかるがるしくよんだ。

「又左か。わしは岩恕」

こういい捨てて、もう利家を促して歩きはじめていた。

なかなか迫力がある。が、迫力に押されっぱなしでは、つまらない。

「貴僧が仏像を見て、よいと思ったら寺がもち直すと申したな」

「ああ」

「もし、よい仏像であって、しかも寺がもち直さなんだら、貴僧の首を引き抜くが、どうか」

「よろしい」

ひとごとのように答えた。

さて観音寺の仏像を拝観し終わって、利家は訊ねた。

「どのようであったか」

「結構。上出来の尊像であった」

「すると、当寺は立ち直るわけだね」

「さよう」

「首根っこを用心なさるよう」

「心配無用」

岩恕はこういって、すたすたと歩み去った。

それからまもなく、智恩院の全運という法師が、観音寺の堂塔再興にとりかかることになった。ほんの偶然だろうが、利家は妙な気がしていた。

それだからといって、岩恕を見直したわけではない。かれの申し分が当たっても当たらなくても、世を捨て切った魅力が楽しかった。

利家のあてというのは、牢人中、岩恕の教えを乞おうというものだった。

〈学問〉

というものの習得を、積極的に気づいたのは、たしかに牢人という立場のせいだったただろう。

考えてみると、このころ進んで学問に精を出そうとした者は稀である。ことに、壮年血気のじぶん、世から退くような姿勢は、排せられても仕方のないものだった。

さらにいえば、武士にとって、学問はものの用をなさないばかりか、人間を惰弱《だじゃく》にするものと信ぜられている。学ぶべきものは、戦場往来、死生の間に習得すべき覚悟や駆け引きでよかった。

その意味でも、利家のこの発想は珍しい。利家が死んだあとのことだが、加藤清正が人にこう語ったという。

「かつて利家公は、曾子《そうし》の『以テ六尺之孤ヲ託スベク云々』の語をひいて、忠臣の道を説かれたが、われらそのとき、学乏しく、何事かもわからなかった。いまにして思い当たることがある。大納言どの（利家）いまにおわさば、心を語ることもできたのに」

たしかに、当時の武将のうちでは、出色の教養人だっただろう。

利家の狙いは、もう一つある。

それは岩怨のいる瑞松寺が、鳴海に在ることだった。そこは、今川氏と織田氏の接触地点である。

鳴海城主の山口《やまぐち》左馬助《さまのすけ》父子が寝返ったので、どちらかといえば、今川氏の前進基地のようなものだ。そして、戦いはそう遠くないと思われる。

つまり、今川勢力の動静監視だった。

むろん、暇を賜った織田氏に対するひそやかな忠節である。

岩恕はまず、

「坊主などになるな」

といった。

僧になってはいけない、ということで、それはとりもなおさず、有髪のままということだった。

「坊主頭というやつは、卑しくていけない」

というわけである。かれにはもっといいぶんがあったのだろうが、それだけいって、おのが頭を、ぽんぽんと叩いて見せた。あまり、いい音ではなかった。

〈卑しくていけない〉

といっておきながら、岩恕が利家にすすめたのは、まず、

〈算盤《そろばん》〉

だった。

これには、利家も少し驚いた。儒学、仏説のたぐいを教授するとばかり思っていたのに、卑しい商人のなす算盤術なのだった。

「いかがなわけか」

「わけもくそもあるか。おまえさんは坊主になるわけではない。どうせ、殺し合いをやりたいのだろう。やれば、勝ちたいだろう。勝ち負けは天にあり、などというが、天なぞ知るものか。わかるのはこれさ。理数のみ。つまり、多い少ないという違いだ」

「多勢が無勢に勝つ、ということかね」

「そうはいっていない。無勢でも、魂の昂揚しているほうが勝つ。つまり、魂を算盤に入れ忘れるからさ」

「そんなものを、算盤珠《だま》で弾き出せるのかね」

「それが算盤術というものだ」

いわれてみると、小さな算盤がずいぶん玄妙に見えてきた。珠を弾くという仕草自体、なにか深遠である。

「これが禅機というものではないか」

「禅機」

岩恕は笑った。

「禅機なぞ、算盤珠の一粒にも及ばんわ」

この坊主、どうもひねくれ過ぎているようだ。

有髪の士は、もとより寺に住めない。近くの茅屋《ぼうおく》を借りて住んだ。読書、算盤術のほかに海辺を走り廻り、ときに槍を揮った。

柴田勝家、森三左衛門のもとから、茶など見舞いの品々が届けられることがある。そのほかは、かの藤吉郎だった。

藤吉郎なら、勝家、三左衛門と違って、身軽である。だいいち、顔も知られていない。自分ではあまり飲めないくせに、酒をもってきてくれたりする。

利家はしかし、身内の衆は近づけなかった。かりにも、暇を賜った者と同心だと見られては、織田家に仕える前田家は都合が悪いだろう。

父の利春は太っ腹だし、思慮深い男だからいいが、長兄の利久は線が細い。弟の不作法のため、清洲の城へ出ても、おどおどしているという。

いっさい迷惑を与えてはならないと思った。そしてそれが自らに科した罰だというふうにも考えた。

あるとき、長八郎、藤丸の少年たちが、そっとやってきて、遠くから茅屋のありかを眺めていた。

「こら」

利家は、出て行って二人の頭を交互に打った。かれらは眼に涙をいっぱい溜め、しかし嬉しそうに笑った。

殴られたことより、主人の手がじかに肌に触れたという喜びが強かったのである。

「御寮人さま、お姫さま、ともにご息災でございます」

長八郎がこう告げて、

「要らぬことを吐《ぬ》かすな」

と、また殴られた。

年が明けて永禄三年。早々から鳴海近辺がざわめき出していた。

藤吉郎がひょいと顔を出した。

この男、くるたびに信長の覚えめでたいことを吹聴《ふいちょう》した。このときは、城の塀の修理にあたり、

〈割普請《わりぶしん》〉

をして賞められたといった。

百間の塀を十組に分け、それぞれ分担責任を決め、競争で修理させ、短期間で完成

させたのだという。また、薪奉行を命じられ、年間の費用を三分の一に削減した、ともいった。

利家は黙って聞いていて、算盤を弾いた。

「まずまずの出来やな」

と、答えを見てからうなずいた。

藤吉郎は算盤の珠の動くさまを不思議そうに眺め、

「わしはそんなものを使わないでも、ここですぐにできる」

と頭を指さした。

「しかし、わからぬものもある」

「なんだね」

「今川の動きさ」

「それが聞きたい」

「ここに書いてある」

利家はかねて今川氏の動きをしたためた書面を出した。それは軍勢の配置、人数などが記入されたものだが、いずれも記号だった。

ことに、数字は算盤の珠で示されていた。

「これはわからん」

「そうだろう。だからよろしい。万一ということもある。だいいち、運ぶおまえさんが読めないということがよい」

「つまらんことを覚えましたな」

「牢人の得というものさ」

「で、だれに渡すのかね」

「森三左衛門がよい」

「承知」

藤吉郎は立ちかけて、皺《しわ》くちゃな猿面を、さらに歪めた。

「頼みがある」

「なんだ」

「早く殿さんの前へ出るようになってくれ」

「なぜだ」

「おまえさんに、嫁取りの仲立ちをしてほしい。約束ではないか」

「そうか。そんな女子ができたのか」

「まあ、そんなところだ」

猿面を柄にもなく、赤らめた。

桶狭間《おけはざま》

一

夏の初めのことだった。

茅屋《ぼうおく》の戸を叩く音で、利家は眼をさました。前夜、読書にふけっているうち、いつのまにか経机にもたれて、居眠ってしまったらしい。燭《しょく》の灯はとっくに消えていて、間の内は暗い。夜だか朝だかもわからない。

ただ、夏とは名ばかりのひんやりする風が、僅《わず》かに夜明けの近いことをしのばす。

「まだ、寝てござるかの」

こんどは、声がかかった。岩恕《がんじょ》の声だった。いまじぶん現われるのは、ただごとではないと思われるが、岩恕のくったくない声音からは、さほど切迫した気配がうかがわれない。

「起きているともさ」

利家は自分ではしっかり応答したつもりだが、寝起きすぐの眠たげな声の名残りがあったのだろう。岩恕は、

「なにも無理せいでもいいのだ」

と笑った。

笑ったときには、もう間の内に入ってきている。どだい、しんばり棒もかけない男一人の侘《わ》び住まいなのである。

とりあえず、明かりを、と火打ちを打とうとすると、

「もう朝だ」

と岩恕が制した。

少しも朝らしくなかった。けれども、ぼんやりと岩恕が托鉢《たくはつ》のいでたちであることぐらい、わかった。

「御坊、どこぞへ出かけるのか」

「ああ」

ごく気のない返答が戻ってきた。

「遠州へ参る」

「それで」

利家は訊ねた。岩恕がどこへ行こうと勝手だが、わざわざ立ち寄ったについては、仔細《しさい》があるはずだった。

「そこいらまで、どうや、一緒に行ってみんか」

「そうしようか」

利家は素早く袴《はかま》をつけ、両刀をたばさんだ。この男が仔細もなく、夜の明けないうちに人を叩き起こし、出かけようというわけがないのである。

「刀はいかんな」

「なぜだ」

「武士みたいだ」

「おれは武士だ」

「それがいかん。相手がいたら、闘う気になるだろう。相手もその気になるだろう。そうそう、これがいい」

岩恕は土間の柱にかかる笠を、わざわざとってきた。

「刀の代わりに、これでもかむるがいい」

笠が刀の代わりをするとは思えないが、それが岩恕のいつものいい廻しだった。

利家はいわれるまま、刀を置き、笠をかむった。その姿は寺僧の供をする寺男のようだった。

「なかなかよく似合う。では行こう」

岩恕はもう暗い道を歩き出している。

「いったい、何事かね。いま、相手がいたらと申されたようだが、相手とは何者かね」

「それがわからぬ」

と、岩恕は歩きながらいった。

「いましがた、三河へ行っていたうち（瑞松寺）の坊主どもが戻ってきたが、途中、こちらへ向かう武者の隊列を見たそうな」

「なに、武者が」

利家はきっとなって足を停めた。

こちらへ向かう武者の隊列といえば、駿河の今川勢しかない。

「どうするかな。槍でもとってきて、一人で戦うつもりかね」

と岩恕が笑った。

もっとも、これまで耳にした情報によれば、動静は切迫しているものの、出陣の気配はまだない。だいいち、今川義元が西上するのは、勢いを天下に示すものなのである。隠密に突然旗揚げするとは考えられない。

しかし、わからない。ひそかに出た先発隊かもしれないのである。

「あわてるには及ばないだろうよ。隊列はどうやら、駿河衆ではなさそうだ」

「では、何者だ」

「だから、これから観察するのさ」

「人数はどうか。馬や鉄砲の数はいくらか」

「坊主どもの見聞だ。詳しくわかるものか。ただ、かなりの人馬だというのは、本当らしい」

「急ごう」

利家の足は小走りになった。

岩恕も足を速めた。かれもまた速足は苦にならない。息一つ切らず、こんなことを話しかける。

「断わっておくが、わしは今川にも織田にもひいきはしない。戦をしたいやつは、やればいい。勝とうが敗《ま》けようが、知ったことか。ただ、こんな坊主と一緒なら、万一あっても怪しまれまいよ」

「かたじけない」

「礼をいわれる筋合いはない。わしはたまたま遠州へ行くにすぎないのだから」

この坊主、たまたまそうなったことを強調した。たぶん、かれの好意から出た作りごとだろう。

「見ろや」

その岩恕が指さした。

白々明けのなかに、白旗を幾流か押し立てた隊列が見える。右手に大高城《おおだかじょう》、向こうに丸根《まるね》、鷲津《わしづ》の砦《とりで》が望まれるあたりである。

今川方が尾張に打ち込んだクサビは、まず鳴海城であり、それに連なっていくつかの砦がある。うち、もっとも枢要な地点を占めるのが大高城だった。

このあたり、互いに消長があって、勢力は流動しているが、当時は織田方がいくぶん盛り返し、大高城のつい眼と鼻の先の丸根、鷲津、さらに天白川《てんぱくがわ》をはさんで、丹下《たんげ》、善照寺、中島《なかしま》の三つの砦も確保している。

今川方の大高城はだから、四辺を敵に囲まれて孤立しているように見える。

不審の一隊は、どうやらそこへ向かっているようなのだ。

「ははん」

伸び上がって、小手をかざしていた岩恕が合点したようにいった。

「兵糧《ひょうろう》を入れるらしい」

利家は利家で、旗印を見つめていた。それは、

〈葵《あおい》〉

だった。三河の松平にまぎれもない。

「三河衆だな」

利家がいうと、岩恕はうなずき、

「違いない。三河衆はいつも難儀なところに廻されているそうな。今川では若い三河

の大将元康《もとやす》を、くびり殺すつもりではないか」

「どうかは知らんが、ひっきょうそうなのかもしれぬ。どだい、こんなところへ、兵糧運びとは無茶だ」

利家もそう思った。

砦だから、さほどの人数はつめていない。が、鷲津には織田信平の四百人、丸根には佐久間盛重の七百人がおり、丹下の水野忠光、善照寺の佐久間信辰《さくまのぶとき》、中島の梶川一秀らのところも、それぞれ四、五百人はいる。

あわせて二千五、六百の軍勢である。それが狼煙《のろし》一つで出動できる仕組みになっている。

これに対し、三河衆の荷駄隊もかなりの勢力に見える。

記録によると、先陣として松平親俊、酒井正勝、石川数正らが五百余りを率いて進み、若い大将松平元康、すなわちのちの徳川家康は、自ら三百を率いて、荷駄を護《まも》った。

その荷駄は、千二百駄といわれ、うち米は四百五十俵。一駄に三俵と馬一匹、人足二人がつき、これを三百の兵士が護衛した。

それにしても、荷駄隊は難しい。兵力はかなりのものであっても、戦うだけの軍勢に攻められたらひとたまりもないだろう。

「どうするつもりだろう」

利家と岩恕は木蔭で顔を見合わせた。

不思議議だが、難儀な荷駄隊を率いてやってきた三河衆の成功を祈りたい気が、ほんの少し湧いた。それが今川方のためになり、織田方の不利になるということがわかっていても、まったく別の考えなのだった。

その一隊は、停まっているようである。しだいに明けてくる朝もやのなかに、葵印の幟旗《のぼりばた》が風にひらめいた。

丸根、鷲津の砦では、襲撃の構えで望見しているに違いない。まさに危地である。

突然、後方で火の手が上がった。

岩恕が振り返った。寺部、梅ヶ坪あたりの織田方の砦らしい。

「あれはなんだ」

「なるほど」

利家にはわかった。松平元康は別隊をもって、さらに深く潜入させ、寺部、梅ヶ坪を襲わせたのだ。

丸根、鷲津の兵が、そちらへ向かうのが見えた。

〈うまくひっかかった〉

利家は敵方の成功を、なんとなく喜ぶふうに、笑みを浮かべた。これは勝ち負けではなく、ことの成る成らぬということだった。そして、ことの成功はだれにとっても、爽快なものなのである。

停まっていた荷駄隊が動き出した。いったん動き出すと、一散に大高城めがけて走った。

すぐ脇を、馬どもが腹に波を打たせ、荷を傾け、鞭でひっぱたかれながら通り過ぎた。

馬上の士が一人、ひょいと利家と岩恕のほうを見た。

利家も見返した。

ほんの一瞬である。そいつは寺僧と寺男というふうに見たかもわからない。すぐに鞭を振って駈け抜けた。

「三河の若大将だな」

岩恕がぽつんといった。

「あれが元康か」

「そうだ。つまらん顔をしているだろう」

そうかもしれぬと思った。だいいち、若いのかどうかもわからない。色黒く、きょとんとした眼付きのように思えた。が、底知れぬ強靭《きょうじん》さがうかがえた。顔の美醜は問題外である。

「つまらん面相だが、ああいうのが成功する顔だ」

と岩恕がつけ加えた。これまた、そうかもしれぬと思った。

荷駄隊は走り抜けた。大高城のほうからも兵士たちが出て、一行を迎えた。荷駄隊は入城し終わり、そして門が閉ざされた。

有名な大高城兵糧入れの成功だった。

はかられた丸根、鷲津の兵は、茫然とそれを眺めていただけだったという。利家もまた、別の思いでしばらくその場を動かなかった。

「終わった終わった」

岩恕がなにかはやすようにいった。

「わしは遠州へ行く。おまえさんはもう帰るがいい」

「いわれなくても戻るさ。しかし」

「なんだね」

「きょうはかたじけなかった」

「なにが」

「いいものを見せてもらった」

「鮮やかな兵糧入れのことかね」

「いや、元康という男」

「あの手の顔なら、三河にはいくらもある。見たければいつでも見せてやる」

岩恕もなぜかおどけている。

「そんなに見たくはない。が、どうしてああいう顔で、ものごとがうまくいくのか……」

「苦労しているからさ。幼いとき親に死に別れ、尾張、駿河と人質暮らしだ。いまだって、今川に首根っこを押さえられたままだろう。そんな男が、ふと自分の足で立つと、存外うまくいくもんだ」

「それは説教かね」

「わしがおまえさんに説教してなんになる。なぜなら、おまえさんもいま、不遇の身だ。幸い不遇の身になった人間に、説教は要るまい」

「幸い、か」

「そうさ」

岩恕はもう、何事もなかったようにして歩き出していた。

なおしばらく、利家はそこにたたずんでいた。通り過ぎた元康の顔が、浮かんでいる。その男が、将来もっともっと大きな比重でのしかかってくることを、むろんこのとき気づいていない。

二

今川義元《よしもと》がいよいよ京に旗を立てるべく、全軍出陣の布令《ふれ》を出したのは、五月一日のことだった。

布令はつまり、天下への揚言《ようげん》である。堂々と名乗りをあげて、天下の道を歩む。それが天下人のたしなみであり、その自信も大いにあった。

駿府には、ぞくぞく軍勢が集まった。総勢四万といわれたが、じっさいには二万五千ぐらいだったろう。

当時の軍役《ぐんやく》によれば、およそ一万石につき二百五十人の動員が可能である。今川家は駿、遠、三の三州で百万石を超えるから、二万五千人の動員ができたわけだ。

それにしても大軍である。同じ計算によれば、織田家は尾張四十四、五万石のうち、十五、六万石が確定領だったから、ほぼ四千人前後になる。約六分の一でしかない。

もっとも、今川方では織田を討つための出陣ではない。京へ上るとき、もし邪魔をすれば戦い、そして蹴散らす、というくらいにしか考えていない。

その圧倒的で、かつ大望を抱いた軍勢が、駿府を出発したのは十日である。二日おいて、義元自ら率いる本隊が出発した。

赤地の錦の直垂《ひたたれ》に、胸白の具足、八竜打った五枚兜をいただき、今川家重代の松倉卿の刀、大左文字の太刀を佩《は》していた。見送る者、眺める者、だれ一人、その威風を崇《あが》めぬものはなかった。

知らせは、櫛《くし》の歯を挽《ひ》くように、清洲の城へ届けられる。軍勢も集まっている。利家の茅屋へ、小塚藤右衛門が足を引きずってやってきた。自らは小具足を着け、背に鎧櫃《よろいびつ》をかついでいる。利家の具足である。

村井長八郎、藤右衛門の倅の藤丸ら、少年たちが、眼を輝かし、肩を怒らして従っている。

「いよいよでござるぞ。手柄を立て、清洲の大将を見返すときでござるぞ」

藤右衛門ははしゃいだ。

利家はしかし、いら立っていた。清洲からの連絡がまだないからだった。勘当の身で、勝手に入城はできない。柴田勝家、森三左衛門らが、信長にとりなしを願っているはずだが、いっこうに知らせがこない。

だいいち、信長自身、今川の大軍を前に、籠城して迎え撃つものやら、出て戦うものやら、まったくわからない。

藤右衛門らが現われた日、義元の本隊は沓掛《くつかけ》に本陣を進めたということが伝わった。利家の住む鳴海に近いばかりか、義元自身、いずれ鳴海城へ入ることだろう。

「じっとしていると、今川勢の真っただなかに入ってしまう」

と藤右衛門もあわて出した。

「どうなさる。いったんここを引き揚げ、どうでも清洲のお城へ入れてもらいなさるか、それとも……」

「それとも、どうするというのだ」

「いや」

藤右衛門は頭をぼりぼり掻いた。

ほかに考えはないのだった。

要するに、清洲の城へ駈けつけることしかない。戦を前にして、勘当の身だからといって、入城を拒むことはないだろう、という思いである。

そこへ、藤吉郎が駈けつけてきた。

「まだそこにいたのかね」

とまず、いった。

「いるともさ。許しがなければ、清洲へも参られぬではないか」

「そのことさ」

と藤吉郎がいった。

「どだい、殿のおつもりが皆目、わからぬ。軍議一つ、開かれようとはなさらぬ。籠城の備えもお命じにならぬ。方々《かたがた》はただ集まり、嘆息しておいでだ。とてもお身のことについて言上できる場合ではない」

「わかった」

利家は明るく笑っていった。

「おれは当分、ここにいる」

「こんなところにいてどうする」

「殿の出馬を待つ。城へは入れまいが、戦場《いくさば》へまぎれ込むのは構わないだろう」

「つまりなにかね、殿が打って出るというのかね」

「さよう」

「それは無理だ。相手は何万という大軍だ。敗けに行くようなもんだ」

「籠城しても、敗けるときは敗ける」

「それはそうだが、一説には、備えをしないのは、降参なさる肚《はら》だという者もある」

「だれだ、そんなことをいうやつは」

利家の温和な眼が、ひきむかれた。

「いや、話さ」

「話にしても捨て置けぬ。わが殿が、おめおめ黙って降参なさるわけがない」

「おれに怒ったって仕方がない。お城の様子を伝えにきただけだから」

藤吉郎はくしゃくしゃと顔を歪めた。じつはこの男、利家の心強い言葉を聞いて、安堵したのかもわからない。

「殿は必ず出てこられる」

利家は重ねていった。

「そうかね。いや、そうに違いない。いかにも、出るのに籠城の支度はいらないはずだ」

藤吉郎はなんどもなんどもうなずいた。

「殿はそういうご気性の方さ」

「すると、おまえさんもよほど奮闘しなければ、勘当が許されまいね」

「そのつもりさ。下手すると、死んだとて、許されはしないかもしれぬ」

「おいおい、死ぬなよ。約束ごとがある」

「嫁取りのことだったな」

「ヘッ、ヘッ」

藤吉郎は声を出して笑った。

「いまのうちに、明かしたらどうだ」

「おまえさんに死なれては困るから、いっておこう。御弓頭《おゆみがしら》浅野又右衛門どのの娘で、ねねという」

「いくつかね」

「十三」

「ほう、おれの女房どのより一つ下だ」

「そのはずだ。おれはおまえさんの女房どのを見て、どうでもあんな嫁御を貰いたいと思って探したのだから」

「で、話はついているのかね」

藤吉郎が一と膝、乗り出した。とたん、脇にひかえていた藤右衛門が、二つ三つ、不機嫌な咳払いをした。

「戦でござるぞ」

「まったくだ」

利家と藤吉郎は顔を見合わせて笑った。

「では帰る。おれはどうせ、殿の馬を引いてまっ先にやってくる。それまで無理をするなよ」

藤吉郎はこういい置いて、駈け去って行った。あわただしいが、この男が現われると、とたんに場が明るくなるから不思議だった。

「こういうわけだ」

利家は一同に、といっても老人と少年の僅か三人だったが、改めていった。

「殿は必ず、ここいらまで押し出してこられる。ここで待っていたほうが、清洲へ帰る手間がはぶけるというものだ」

「万一、殿が見えず、われらだけが敵中にとり残されたら、いかがか」

「とり残されるはずがない。なぜなら、そのまえに戦って死んでいるだろうからさ」

「それは一興」

藤右衛門の皺面が、ようやくゆるんだ。

翌《あく》る十九日、陽は天高く昇り、ぎらぎらと真夏の暑さを思わせて照っていた。

今川勢が進んできて、丸根、鷲津の砦が陥《お》ちた。ことに丸根砦には、松平元康が攻めかけ、またたくまに燃え落ちた。

「かの者どもは、白地に黒の葵紋でございました」

と物見に出かけていた藤丸が馳《は》せ帰って告げた。あと、大高城へ入って、休息しているらしいという。

いま一人、村井長八郎は善照寺あたりに出張って、見張っていた。これは、出てくるに違いない信長勢を待ち受けるためのものだった。

その長八郎が、転げるように駈け込んできた。

「見えました」

「きたか」

「たしかに、尾張の総大将でございます」

「行こう」

利家は立ち上がった。

僅かとはいえ、一隊に違いなかった。大将利家、物頭《ものがしら》藤右衛門、兵が前に長八郎、後ろに藤丸。足の不自由な藤右衛門を抱えているのが、いくぶん厄介だったが、一同はひたすら東北方に向かって進んだ。

このころ、信長は上野街道を新戸田から古鳴海を過ぎ、丹下の砦に達していた。そこで丸根、鷲津の砦の落ちたことを聞いている。

さらに善照寺砦まで進んだころ、ようやく軍勢が三千になった。そこで一部をさき、鳴海城を攻めさせることにした。

千秋季忠、岩室重休、それに佐々成政の兄で隼人正政次《はやとのしょうまさつぐ》らの一隊だった。

ちょうど、この一隊に利家が出会った。

「や、又左どのか」

政次が眼ざとく見つけた。

「さ、さ、入ったり入ったり。敵は鳴海だ」

政次は弟の成政と違い、朴直な男である。自分の軍勢のなかへ、利家らを押し込むようにしてくれた。

うしろに、信長の姿が望見される。久しぶりに見る殿の姿だった。

が、ゆっくり眺めている余裕はなかった。眼前に鷲津を陥《おと》した敵将朝比奈泰能勢がいて、鳴海城を守護するように陣を布《し》いていた。

早くも、先陣が接触した模様だ。

「並みの戦ではござらん。大将は勝手に振る舞いなされ」

藤右衛門が叫んだ。利家は利家、一同は一同という意味である。そのほうが有難いし、利家もそのつもりだった。

「では、行くぞ」

もう振り返りはしない。一つ二つ、しごきをくれた愛用の大身の大槍が、きらきら輝いた。

敵勢の眼、口をむき立てた顔が迫った。いつものことだが、気合いはそこで決まるといってもよい。ひるむやつは、そこでひるむのだ。利家はしかし、ひたすら突き上げ、薙《な》ぎ払い、よい敵を求めた。

いた。黒糸威《くろいとおどし》の腹巻きの上に、真っ白の絹を気障《きざ》げに巻きつけ、その緒を長く垂らしていた。

利家は名乗りと同時に突っかけ、踏み倒し、首級を上げた。酒臭い血が、びゅうと噴きかかったのを覚えている。

利家はその首をかかげ、信長の前へ走った。

「又左衛門でござります」

信長は確かに、利家を見た。が、見るなり、ぷいと横を向いた。

「一番首でございますぞ」

森三左衛門の声がした。脇からいってくれたらしい。が、信長はそっぽを向いたままだった。

利家はその首を傍の水田へ投げつけ、ふたたび、戦場へとって返した。

そして気づいたことだが、敵は相当な数でもあり、構えもしっかりしていた。城から一散駈けしてきた織田勢とは違っている。

百戦練磨の織田勢とはいえ、整々とした陣立てに、しだいに押され押されして、一見して敗状だということがわかる。

利家はしかし、そんななかへ飛び込んで、また首を一つ、あげた。その首をかかげ、馳せ戻るとき、死体につまずいた。佐々政次のものだった。

このとき、千秋季忠、岩室重休も討死している。死者はすでに五十人を超えていた。

「いかが」

利家は、信長のほんの眼の前へ寄って、首をかかげた。

信長はこんどは、じっと利家の顔を見た。が、なんの言葉もなかった。

「されば」

利家はさらに敵陣へ向かおうとした。このときようやく、信長がなにかいった。ただし、利家に対してではない。森三左衛門に対し、

「とどめよ」

といっただけである。

すぐさま、三左衛門が飛んできて、利家をうしろから抱えた。

「もうよい」

「いや、よくない。死んで見せてやる」

利家は本気だった。

「ばか。殿の顔を見たのか。涙をためていられるぞ」

「殿が」

利家が振り返るところを、三左衛門がぐいぐい押し返して、木の根元に据えた。

「一と休みしろ。戦はこれからだ」

じじつ、疲れてはいた。そこで大息をついていると、藤右衛門や少年たちが駈けつけてきた。

「ご無事でしたか」

「おまえらこそどうだ」

「これ、この通り」

藤右衛門が踊る仕草をして見せた。

にわかに、黒雲が天をおおった。雷鳴がとどろき、横なぐりの雨がきた。あの桶狭間奇襲戦の前ぶれだった。

三

信長は善照寺東方の狭間《はざま》にいて、ひどくはやりたけっていた。どちらかというと、少年が初陣《ういじん》のさい見せるあせりのようだった。

今川義元の本陣が、中島に在ると聞いて、直ちにこれを衝こうと主張した。が、中島へ達するまで、深田にはさまれた一筋の道しかない。

「いま参りますれば、あの打ちひらけた地勢では、味方の無勢を見すかされます。利があるとは思えませぬ」

主だった家臣が、みなそういって留めた。けれども、信長は聞かない。

「黙れ黙れ。どうでも行くのだ」

といい張った。

すでに、鷲津、丸根の砦が落ちているし、はじめて接触した一隊、そのなかに途中から参軍した利家主従がいたわけだが、それも簡単に敗れ去っている。

そんないらだちもあったかもしれないが、信長はしかし、こんどの挙は大きな賭けだと思っている。今川義元の首をとるか、そうでなかったら破滅だった。

「利のあるなしではない。とにかく、行くのだ」

まさに出発しようとしているところへ、諜者が馳せ帰ってきて、

「今川方本陣が、大高城に移ろうとしています」

と告げ、続いて別の諜者が、

「今川方本陣は、田楽狭間《でんがくはざま》にて休息中」

と報告した。

「よし。それなら田楽狭間へ行こう」

たちまち奇襲が決まった。

集まっていた三千の兵から一千をわけ、全部の旗を与えて善照寺の砦にこもらせ、そこに信長の本隊がいるかのように思わせ、自ら二千を率いて、山かげから山裾を伝

って、一散に田楽狭間に向かった。

利家はしかし、そんな経緯は知らない。信長からはっきりと勘当を許されたわけではないから、遠くでその動きを眺めているよりほかなかった。

「や、おん大将が動く」

と、小塚藤右衛門が叫んだ。

「なにをぐずぐずしておられる。早う参られい。もう一と踏んばりでござるぞ。さ、さ、うぬたちも行けい。行って死ねい」

長八郎、藤丸の少年たちを叱咤しながら、利家を激励していた。

いわれなくてもわかっていた。残念なのは、その奇襲隊の陣列に加わることができず、いくぶんの遠慮をもって従わねばならないということだった。

「戦というもんは、どこにいるからといって悪いものではござらん。ことにこんどは乱戦でござろう。根《こん》の続くかぎり、槍の続くかぎり働きなされ」

と、藤右衛門が足を引きずりながら、力づけた。

このころ、義元はこんな恐ろしい敵が近づきつつあることを知らない。丸根も鷲津も落ちたというので、上機嫌である。田楽狭間の芝生に敷皮を敷いて坐っていた。

近郷の寺社の僧や神官、それに郷主などが、入れ替わり立ち替わり戦勝祝賀にやってきて、酒肴《しゅこう》を献上していた。勝った方の機嫌を、いち早くとっておこうというわけだった。

義元はいちいちそれらに会い、献上された酒肴で、酒宴を催しはじめた。

そこへ、先陣から鳴海で織田勢二百余人を破り、五十余人を討ち取ったという知らせが入った。主立った者、千秋季忠、岩室重休、佐々政次ら三人の首も送られてきた。運悪ければ、そのなかに利家の首も入っていたかもわからない。

義元はいよいよ上機嫌で、盃を重ねていた。

空をおおっていた黒雲から、雷鳴が轟《とどろ》き、大粒の雨がぱらぱらと降ってきた。それはまたたくまに豪雨となり、旋風をともなった。

そんななかを、織田勢は黙々と進んだ。利家主従四人は、しだいに隊列のなかほどまで入り込んでいた。

「やいやい、火縄を消すな。うぬらの命の綱じゃと思え」

藤右衛門はだれかれ構わずに、話しかけた。この老人、戦となると気勢が上がるのである。

むろん、滝のような豪雨の下では、火縄を濡らさないというほうが無理だった。が、この見なれぬ老武者の掛け声は、あたりの兵を力づけるのに効果があった。

まもなく、空が少し明るくなった。雨の勢いも弱まってきた。

眼の下に、義元の本陣が見える。きらびやかに張り廻らしていたであろう幔幕《まんまく》が、風雨に引き千切れていたし、酒樽や盃が散乱していた。

今川勢はここかしこの木々の下で、雨を避けている模様である。織田勢がすぐ頭上に迫っていることを、まったく知らないようだ。

利家はもう信長の姿の見えるところまで近づいていた。その信長が、しばらく眼下を見下ろしていて、ひょいと振り返った。

なんともとりとめない表情である。あるいは幼児のようなあどけなさといってもいい。

襲えば必ず勝つ、という現状をまのあたりにして、喜びも驚きも超越した顔だった。ほんの少し、上気していた。周《まわ》りになんともいえぬ静寂がおおった。

が、それも一瞬で、

「それ、かかれ」

信長の疳高《かんだか》い一声とともに、軍勢はせきを切ったように、どっとばかり攻め下った。

〈尾張に織田上総介《かずさのすけ》信長あり〉

霹靂《へきれき》のようにして、その名が天下に鳴り響いた。

それほどのいわゆる〝桶狭間〟の一戦に、利家は名もない一兵として働いた。功がないわけではない。何人かを討ち取り、さらに何人かを傷つけたはずである。

利家はしかし、とくにいい立てはしなかった。だれもが働いたのだし、一人一人の功を争う戦でもなかった。帰陣のおり、一度、信長と視線が合った。

〈いるな〉

信長はそんな顔つきをしたにすぎない。が、勘気を許すとはいってくれない。

「腹の中では、お許しになってござるのじゃわい」

柴田勝家がわざわざ声をかけてくれた。利家はいわれなくてもわかっている。腹の中で許していても、なかなか口に出していいえない信長なのである。

これは一種の、

〈嗜虐《しぎゃく》的情愛〉

というべきものかもしれなかった。

利家にもまた、それならそれでこちらから頭を下げて行くものか、という意地がある。

〈信長じきじきの言葉を聞くまで、何度でも、何十度でも、戦に出て働いてやる〉

と思っている。

棲家《すみか》はやはり、鳴海の茅屋に置いていた。ただし、ときどきは荒子の城へも行く。これまでまったく遠慮していたのと較べると、多少の明るさがあった。

娘おこうが、よく廻らぬ口で、この父親を迎えた。まだ愛情というには実感がないが、泣き声や笑顔が、しばらく思いに残っていることがある。

父の利春は、

「どうや、もうそろそろここへ戻ってもいいのでないか。それとも、まつをそちらにやるか」

というが、当のまつはきっぱりいうのである。

「お戻りになってはなりませぬ。私もまた、そちらへ参りませぬ。とにもかくにも、殿さまのお許しが出てからのことです」

性《さが》がきついばかりでなく、のんきにそんな筋目を通そうというのである。

「女房どののいうままよ」

利家はこういい、城に泊まることもなく、てくてくと鳴海へ帰る。おこうを抱いたまつが、まったく姿の見えなくなるまで見送る、といった風景が繰り返された。

利家にはしかし、ひとり身の牢人暮らしの楽しみがないではなかった。岩恕から受ける学問、算勘術や、武術の習練に、しだいに欲が出てきている。

近ごろでは、鉄砲だった。この足軽が使う道具を、はじめて信長に目見得したとき、信長がたしなんでいた。

そのときは不思議に思ったものだが、人の生殺、ことの勝敗に、必ずしも貴賤の別のないことがわかってきた。それでもなお、

〈飛び道具は卑怯〉

という考えがないわけでもない。

それをふっ切らせてくれたのは、一人の旅の牢人者だった。

利家が長八郎や藤丸を従え、天白川の河原で鉄砲撃ちの稽古をしているのを、飽かず眺めている男がいた。編笠をかむっているので、よくはわからないが、利家とあま

り変わらない年恰好のようだった。

長八郎が弾をつめ、利家が撃つと、向こうの的の下で藤丸が大声で、当たり外れを怒鳴る。が、その牢人者は、利家が撃ち出したとたん、もう、

「あ、いかん」

とか、

「よし」

とか、つぶやく。

それに気づいたのは、だいぶ経ったあとだが、ふと見ると、すぐ傍まで歩み寄っていた。

「ご精進でございますな」

そいつが声をかけた。

利家は黙殺した。そいつは笠をかむったままだからである。

もう一と声かけたなら、その非礼をなじろうとさえ思っていた。そいつは、ゆるゆると笠を脱ぎ、軽く会釈した。

旅修行の風情だが、その割に青白い顔色で、眼元、口元のあたり、才走った色合い

が窺われた。

「なかなかのお腕前と拝見しました」

と利家はいい返した。

「なに、こんなもの」

「当たっても当たらいでもいいのだ。鉄砲というものがわかればいいのだ」

「なるほど。ご高説、ごもっともです」

そいつがうなずいた。なにも高説というほどのことをいったわけではない。迎合の気味があるようだ。

が、それはうわべだけで、なかなか芯が強そうだった。

「けれども、弾は当たるにこしたことはござるまい。ひとつ、お貸し願えまいか」

利家は鉄砲をそいつに手渡した。手渡してみたくなるほど、ちょっとした魅力と興味があった。

そいつは鉄砲を手にし、

「ああ、国友《くにとも》造りですな。当たるのはこちらがよく当たる。しかし、数ということになれば、堺《さかい》造りが多く揃いますな」

といった。

「多く揃うとは、どういうことか」

「貴殿のご高説の如く、鉄砲は当たっても当たらないでもよろしい。それが、一挺より十挺、十挺より百挺、千挺と揃えば、当たらぬ鉄砲も当たるようになります。なに、一人一人が名手でなくてもいいのです。だれかが当たる。やがて、槍、刀の時代が終わって、鉄砲の世の中になるでしょう」

そいつはそんなことをいいながら、長八郎から火薬、弾、火縄を受けとると、素早く巧みにあつかい、続けざまに五発ほど、撃った。

向こうで、

「当たり、当たり……」

という藤丸の声が連続して聞こえた。かれには、撃ち手が見知らぬ牢人者だと気づいていないようだ。

「ほう」

利家は唸った。凄い腕である。

「見事なものだ」

「いえ、こんなことは無用です。数多く揃えること、揃えた鉄砲隊をうまくあつかうこと、それだけの話です。穂先が長くなった槍隊を指揮するのと変わらぬでしょう」

と、何事もなかったように、笠をかぶりかけた。

「待たれよ。拙者は前田又左衛門。仔細あって牢人中ながら、織田家ゆかりの者です。ご尊名を聞きたい」

「手前、旅修行の者です。名は」

と、そいつは笠の紐を締めながら名乗った。

「明智《あけち》十兵衛」

四

その十月、かねて寝たり起きたりしていた父利春が死んだ。前田家は、兄利久が相続した。

織田家でもその相続は認めている。土豪前田家の二千貫の身代のことである。

変化といえば変化だが、利家の身に直接及ぶことではない。依然、勘当ながら楽しいともいえる修行が続く。

正式に利家の勘当が許されたのは、翌永禄四年の五月だった。

このころの織田家の敵は、もっぱら美濃の斎藤竜興《さいとうたつおき》である。美濃の森部で、斎藤方の武将長井甲斐守《かいのかみ》、日根野下野守《しもつけのかみ》と合戦したおり、利家はまたひそかに従軍し、敵の首二級をあげた。

信長のもとへそれを捧げて出ると、信長ははじめて、

「手柄であったぞ」

と言葉をかけてくれた。

「かたじけのうございます」

少し、胸がふるえた。

「ここへこい」

「はい」

前へ進むと、

「親父どのが死んだそうな。いずれは別れねばならぬ定めじゃ。気を落とすな。それから、女房どのは達者か。娘も息災か。このつぎには、男を生め」

などと、続けざまに声をかけた。ちゃんと利家の身辺のことを知っているのである。

けれども、利家に返事のいとまも与えぬほど、早口で、少々疳高い大声で、語りかけた。それが信長の表現というものだろう。勘気を受けてから、足かけ三年目だった。

このとき、知行を加えられ、合して四百五十貫の身代になり、同時に赤母衣《ほろ》を用いることを許された。

これは武功世に認められた者だけに許されるもので、織田家では、赤母衣九騎、黒母衣十騎がいた。利家は、

「ありがたい仰せながら、手前若年者でござれば、ご辞退申したく存じます」

といったが、信長は、

「年は若いが、武功は老いている。辞退することはない」

とおしつけて許した。

利家二十四のときだった。当時の武士にとって、たいそうな名誉といわねばならない。

その名誉の士、利家のところに、藤吉郎がやってきた。

「かさねがさね芽出たいことですな。手前にとっても嬉しい。さて」

と、くしゃくしゃと顔を歪めて笑った。

「約束のこと、いよいよ果たしてもらいたい」

「心得た」

利家がうなずき、傍らでまつが、

「お芽出とうございます」

といいそえた。

実情はしかし、あまり芽出たいとはいえなかった。

藤吉郎の見初めた女は、織田家の弓頭浅野又右衛門の養女である。又右衛門の妹というのが、朝日村というところへ縁づいて生んだ。

名はねね。

又右衛門はねねを、素姓不明の藤吉郎にやることに、ちゅうちょしているらしい。まったく反対というほどでもないのは、得体は知れないが、よく動き、機転がきき、段階的に出世している藤吉郎の人物に、捨てがたいものがあると眺めているからだった。

「もう、一と押しのところなのだが」

と、藤吉郎は柄になく、顔を赤らめた。

「まかしておけ」

利家は胸をたたいた。

そうかといって、なにほどの成算があるわけではなかった。とにかく、行って話してみることだった。

浅野又右衛門は、赤母衣の士前田又左衛門の来訪を、奇異な眼で迎えた。

「多年、ご苦労なさったそうだが、帰参と出世、なにはともあれ、お芽出とうござる」

又右衛門はこういって、利家の来訪の意図を探った。元来、温厚なたちである。思慮もある。赤母衣を許されたについて、通り一ぺんの挨拶にきたのではないことぐらい、察している。

「かたじけのうございます。苦労がなかったといえば嘘になります。が、いろいろ修行できました」

「そうであろう。御身なら無為に暮らす人ではない」

「ただ、残念なことがありました」

「どのようなことか」

「人間、非運に沈んでみなければ、友の善悪もおのれの心も知れぬものです。かねて兄弟のように仲良くしていた朋輩たちのほとんどは、殿の眼を怖れて、見舞いにもきてくれなんだ。が、二、三の男だけは、変わらずに力づけ、ものを運んだりしてくれました」

「そうであろう。とかく、世の中とはそういうものです」

「その律儀、篤実な者たちの中に、ことに身を尽くして世話を焼いてくれた男がいます」

「ほう、いったいだれです、その奇特な男は。名を聞いて、あやかりたい」

「木下藤吉郎です」

「ああ、あの男」

「手前には心からの朋友といえましょうな」

「それで」

又右衛門は少し、笑った。利家の意図を察した模様である。

「いただきたい、ねねどのを」

「さあ、ねねがどう答えるやら」

と、又右衛門は慎重である。

「では、ねねどのの返答しだいでよいのですな」

「それだけというわけには参らぬが」

「いま、確かにそう申されたではござらぬか」

利家は気色《けしき》ばんだ。ことさら作った気ぶりも半分あるが、あと半分は真剣だった。

「困りましたな」

「なにも困ることはありませぬ。仲立ちは、不肖又左衛門がつとめます。不服ですか」

「いや、それには異存がござらぬ」

「では、決まりました。いただきます」

「しかし」

又右衛門はなお、思いを廻らしているようだった。ほかでもない。浅野の家は、津島の有徳人《うとくにん》の係累《けいるい》で、そこからの圧力を案じているらしい。

「いいのです。貴殿さえご承知なら、こちらで妻合《めあ》わすことにします」

利家はもう又右衛門の言葉を聞かなかった。

戻るとすぐ、まつを朝日村にやり、ねねを連れ出した。ねねとまつがくったくなく、話し合ってやってきた。まつもそうだが、ねねもなかなかのんき者のようだ。

〈修羅場を渡る男には、のんき者の女房でなくてはならぬ〉

いつだったか、岩恕のいった言葉である。そのためにのんき者の女房をもらったわけではないが、かれが勘気を受けている間、まつののんきな性に、どれほど救われたことか。

どうも気が合うらしい。古い友達のようにして、まつとねねがなにやら笑い声を上げている。

「さあ、行こう。花聟どのが待っている」

「すぐですか」

「こんなものは、どれだけ早くたっていい。むろん、ねねどのも異存ござるまいな」

すると、ねねは大きく、こっくりした。

その夜の祝言は、たいそうひなびたものだった。ねねの着た上着は、信長が左義《さぎ》長《ちょう》のとき用いた萌黄《もえぎ》と蘇芳《すおう》染めの木綿の幟旗を集めて、つぎ合わせたものだった。

後年、政所《まんどころ》となったねねは、

「わしらは茅葺《かやぶ》きの家で、すがき藁《わら》を敷いた上に、薄べりを拡げて祝言しましたわい」

と述懐している。

同席は利家夫婦だけである。利家の祝言には、藤吉郎が立ち会った。のちのち、利家と秀吉が、

〈相仲人〉

とよばれる間柄の一風景だった。

以後、利家の奮闘が続く。

永禄五年、美濃軽海の戦いで、重傷を負いながら、首級をあげる。

このとき、藤右衛門が討死した。利家の重傷はかれを助けようとして受けたものである。佇藤丸は父藤右衛門の名をついだ。

同七年、美濃稲葉の戦いで先陣し、首級をあげる。

同十一年、近江箕作城《おうみみつくりじょう》を攻め、一番首をあげる。身に二箇所の傷を負う。

同十二年、伊勢大河内城《おおこうちじょう》を攻め、軍功を立てる。

これらは、利家の戦歴ではあるが、織田家そのものがしだいに勢威を拡げていることにほかならなかった。

藤吉郎の活躍もはなばなしい。墨股《すのまた》に一夜城を造ったのをはじめ、美濃懐柔に、生来の知恵、信義、敏捷さを発揮して、しだいに重くとり立てられている。

秀吉は利家が伊勢に出陣した永禄十二年には、京都警備役に任じられている。朝廷や将軍家とも折衝のある大役に、譜代の宿将を乗り越えて任じられたことで、信長の信任がいかに厚かったかがわかる。

この年十月、利家の身に一変化が起こった。信長が突然、前田家二千貫の当主利久に、

「家を利家に譲るよう」

と命じたのである。

利久が凡庸な人物であったのに反し、弟利家の武勇が抜群だった理由もあるが、別に動機があった。

利久の妻は、織田家の宿将、滝川一益《たきがわかずます》の甥、儀太夫の妻であった人で、儀太夫の子

をはらんだまま、利久に嫁してきた。この後妻は、年も若く、なかなか美人だった。

利久は妻を愛するあまり、滝川儀太夫の子であることを承知のうえで、前田家の後嗣にした。これが信長の口実になった。

かねて利久の凡庸さを見知っている信長は、二千貫の身代を利家にもたせたなら、いま以上の働きをし、自分の役にも立つ、と考えたのだろう。

「立派な弟がいるのに、血の続かぬ他人の子を後嗣にすることはない」

といった。

じつは、前田家二千貫は、織田家から貰ったものではない。だからその相続について、信長がいちいち口ばしを入れるのは、筋違いといわねばならない。

けれども、いまや信長は京に旗を立て、事実上の天下人の勢いである。拒むわけにはいかなかった。

利久は温厚な人物だから、不満もあまりおもてへ出さずに、城の開け渡しを承諾したが、妻は憤った。立ち退きにあたって、

「この城に住む者に禍《わざわ》いあれ。この衝立《ついたて》を用いる者は、足萎《な》えよ。この屏風を立てめぐらす者はカッタイになれ」

など、さまざまな呪いの言葉を喚《わめ》きちらした。

ずいぶん、あくが強い。その立場になればそうなのかもしれないが、見よい風情ではない。

〈のんきな女がいい女房〉

という岩恕の言葉は、あるいはこんなことをも指摘しているのかもしれなかった。

ただ一人、笑っている男がいた。本来、推定相続人と目される妻の子だった。

その名を、

〈前田慶次郎《けいじろう》〉

という。

後年の大豪傑だが、このときまだ少年である。この少年を利家は好きだし、慶次郎もまた、勇武な叔父利家を慕っている。

横紙破りで、ひょうきんで、武功者でもあり、『伊勢物語』『源氏物語』にも通ずる風流人でもある慶次郎は、若いときから妙に悟ったようなところがあって、

「きょうの瀬は、あすは淵なり」

などと、どちらかといえばはしゃいでいた。

いよいよ城開け渡しのとき、利家が荒子へ行くと、留守を守っていた奥村助右衛門という男がいて、頑強に門を開こうとしない。よく顔見知りの若者である。

「当城は利久さまの命にて、守護いたしております。主人の命なくば、たれ人といえども、開門できませぬ」

こういいつのるのである。

「わけはわかっているのだ。それほどいうなら、それ、ここに信長公の朱印がある」

利家がいうのに、助右衛門は見向きもしない。

「それはわが主人ではありませぬ。確かめるまでは、ここを動きませぬよ」

もっともの話である。利家は急いで、すでに清洲に立ち退いていた利久のもとへ使いをやり、利久の誓紙をとり寄せた。その間、利家一行は、城外にぽつねんと待たされた。

使いが戻ってきた。

「これでよいか」

誓紙を見せると、助右衛門ははじめて、

「ようございます」

と門を開けた。

驚いたことに、助右衛門ただ一人、残って頑張っていたのだった。

じつは、もう一人いた。ひょいと現われ出た少年が、

「やあ叔父上、入城にちょいと苦労なさいましたな。それくらい、してもらわないと」

といって、少年にしては豪快すぎる笑い声を上げておどけた。前田慶次郎だった。

能州《のうしゅう》ノ景

一

〈まるで、敵城へでも乗り込んだみたいだ〉

と利家は思った。

東西三十八間、南北二十八間にすぎない荒子の小城。しかし、そこで生まれ、育ち、ついさきごろまで、なんのためらいもなく出入りしていた実家なのである。

〈妙なことになった〉

というのが実感である。

まだ、兄利久一族の暮らしの匂いが感じられる。

だいいち、この相続は利家が望んだものではなかった。兄一族は父祖から伝えた二千貫の領地を守っておればいいし、利家は利家で、腕一つで出世すればいいわけだった。なんの迷いもなく、そのように進んできた。

それが突然、立場が変わった。追い出されて、さんざん毒づき、呪いの言葉を吐きかけたという兄嫁の振る舞いもわからぬではない。

「城のなかを改めて下さい、叔父上」

慶次郎がいった。

推定相続人であったこの少年は、にこにこしている。傍の奥村助右衛門はまだむっつりしていた。この男もまた、敵に城を乗っとられたというような思いなのだろう。経緯もわかっており、利家の顔も、気心も、いやというほど知っているというのに。

「見るまでもない」

利家がいうのに、

「そんなわけに参りませんよ。ちゃんと調べて受け渡しをしてもらわないと」

と慶次郎がいった。

助右衛門が先に立ち、利家と慶次郎が並んだ。そのあとを村井長八郎、小塚藤右衛門がむっつりしてついてくる。

長八郎、藤右衛門らにとって、直接の主人が二千貫の禄を得たことに嬉しくないことはない。けれども、一見沈鬱な相続事情に、なんとなく沈痛な面持ちをしているのだった。

もし、慶次郎という男がいなかったら、本当に憂鬱なものになっただろう。

「あ、この土手は直さねばなりますまい。私がいつも通り抜けてたところですから」

崩れた土手である。そこから狭い濠《ほり》が見える。

「おまえもそうか。わしもむかし、そこから出入りして、おやじどのから叱られたものだ」

「叔父上もそうでしたか。同じですな」

「だから、直さずにおこう」

「しまいに、濠が埋まってしまいますよ」

「構わない」

「では、そこから叔父上の寝首を掻きに参りましょう」

利家はくったくないこんな慶次郎が好きである。

「いいだろう」

と答え、すぐつけ加えた。

「ただし、わしがここに住まいしておれば、の話だ。たぶん、住んではいない。天下は広いのだから」

「そうですか。いや、そうですな」

慶次郎がにっこり笑ってうなずいた。

利家にはむろん、尾張の一隅にしかすぎない荒子に安住する気はない。けれども、広い天下をめざす言葉は、むしろ若い慶次郎に対する励ましの意味である。

これから、かれは兄一族とともに、多少の苦労をしいられるだろう。利家はかれを家中の一人に加えたいが、おいそれと従う男ではないし、一人で広い天下相手に腕を磨くということは、けっして悪いことではないのだ。

「おまえには春秋がある。青雲を望むときだ」

「青雲ですか」

慶次郎は少し考え、ぽつんと、

「白雲というのもありますよ」といった。

「白雲とはなんだ」

「叔父上はご存じありませんか、王維《おうい》の『送別』という詩を」
「馬ヨリ下ロシ、君ニ酒ヲ飲マシム、というのだろう」
唐の五言古詩である。牢人中の勉学で覚えたものだった。
「やあ、叔父上はやっぱり学がある。それですよ」
と慶次郎は、初冬の空にむかって、いきなり謡《うた》いはじめた。
〝馬ヨリ下ロシ君ニ酒ヲ飲マシム
問ウ、君イズクニ之《ゆ》ク所ゾ
君ハ言ウ意ヲ得ズシテ
南山ノ陲《ほとり》ニ帰臥スト
タダ去レ、マタ問ウナカレ
白雲尽クルトキナシ〟
朗々としているが、少年としてはあまりに野太く、逞《たくま》しい声音だった。
詩は、志を得ず、官を離れ、故山に帰る人を送別する意である。いわば失望の歌だ。
白雲はだから、青雲に対するものと解される。
「その白雲ですよ」

と、慶次郎は謡い終わって、いった。

「それがどうした」

「いえね、素直に青雲を望めない心境だということです」

後年、世を世と思わず、人を人と思わず、屈折した豪傑になる男の、それがはじめての拗《す》ね者ぶりだった。

「いまにわかる」

「なにが、です」

「白雲も青雲になることが」

「そんなにうまくいきますか」

「おのれで摑《つか》むことさ」

「なるほど」

慶次郎は不敵な笑みを洩らした。

「では、もういいですな」

一同はまた、門口へ戻った。広くもなく、勝手知った城内は、とくに見改めることもなかった。

「さらば」

慶次郎は門外に出た。うしろに助右衛門がついていて、やはり怒ったような顔で、利家に会釈した。

二人の姿が、田の中の道を、ゆっくりゆっくり冷たい風に吹かれて消えて行った。


世は戦国乱世である。強い者が勝ち、弱い者が負ける。

人々も、ごく単純に世の中をそう眺めている。

利家が岐阜の城下へ戻ってまもなく、柴田勝家、佐久間信盛《のぶもり》、森可成《よしなり》、佐々成政らと集まったとき、すぐにその話が出た。だれもが、利家の家督相続を祝い、それが道理だといった。

佐々成政はさらに加えて、

「利久どのは、武威《ぶい》つたないゆえ、当然の話だ」

といった。

きゅうに、利家は容《かたち》を改めた。

「荒子二千貫は、主君の命で拝領したものです。それについて、兄利久の武道の儀は、手前の前では無用にしていただきたい」

戦場へ出れば、鬼神のようになる利家は、平生の振る舞いは温厚である。こんな怒った姿は見たことがない。

もう一つ、成政は利家と同年で、同じころ信長に仕え、同じように手柄を樹《た》てている。同時に母衣《ほろ》の士にもなった。

いわば競争相手である。後年、加賀と越中の隣同士に領地をもち、互いに兵火を交えることになるが、このころすでに、必要以上の意識がついつい、表へ出る。

つまり、成政は利久の武道のつたなさをなじりながら、じつは利家をそしっているのだった。

「わかった、わかった」

こういって、場をとりなしたのは、勝家だった。この老練の士は、気配がすぐにわかる。

「もう、このことはいうまいぞ」

と、一人一人の顔を見つめて、念を押した。

暮れには、京都から藤吉郎がやってきた。この男、すでに秀吉《ひでよし》を名乗り、京都警固の仕事をあずかっている。信長の覚えがめでたいし、それにふさわしい働きもしていた。

「めんどうなものだ、天下の仕置きというものは」

と、顔を見せる早々、多忙を連発した。

和田惟政、中川重政、丹羽長秀《にわながひで》らと連署するほどの格である。言動に多少の貫禄めいたものがそなわっている。

いくぶんの誇りもある。なんのてらいもなく、

〈天下の仕置き〉

というのがおかしい。

「天下の仕置きか」

「そうさ。都のことは、おれがとり仕切っている。都をとり仕切れば、天下をとり仕切るということになるだろう」

この男は本気なのである。

「どんな仕事をやっているのかね」

「公家や寺社の願いを聞いたり、町方へ掟《おきて》を出したりしている。なにせ、おん大将

は厳しい方だ。それにせっかちだ。すぐやらないとご機嫌が悪い。そうかといって、勝手にやればもっとご機嫌が悪い。だから、こうやってわかっていることでも、お伺いにくるのさ」

「それなら、天下のお仕置きの手伝いではないか」

「まあ、そういうことになるか」

無邪気である。無邪気に出世しつつある立場を喜び、一所懸命になっている風情がよくわかる。

「公家や寺社や、つまり京都のしきたりなど、ずいぶんややこしいと聞いているが」

「なに、そんなことには慣れているやつがいる」

「あの男か」

「そう、あの男」

明智光秀《みつひで》のことである。

いつぞや、鉄砲を撃っていたときに現われた牢人者である。あれからまもなく、織田家へ仕官してきた。

新参だが、信長は重用した。美濃の名門の一族というより、諸国を修行して歩いたうえ、流浪中の足利公方義昭《あしかがくぼうよしあき》に関わりがあり、京のしきたりに精通しているのを買われたのだろう。

「好かぬ男だ」

「好かぬ男が出世する世の中になっているらしい。おまえさんも、せいぜい好かれぬ男になることだ」

利家がいうと、秀吉は笑い、

「そのつもりだ」

といった。が、この男、けっして好かれぬ男にはならないだろう。

「ところで」

秀吉が膝を乗り出した。

「頼みがある」

「なんだ」

「どうもその、うちには子供ができぬ。おまえさんのところは、三人だ」

じっさい、利家はすでに一男二女の父になっている。

「それで」

「一人、呉れんかい。いや、いまいる子を欲しいといっているのではない。こんど生まれたら、貰いたい」

「ねねどのは知っているのか」

「知っている。ほかで作るより、おまえさんの子供のほうがいいといっている」

「それなら、うちも女房と相談しなければならぬ」

「おまつどのなら、聞いてくれるだろう」

「それはわからぬ。半分はおれのものだが、半分は女房のものだから。だいいち、こんご生まれるかどうか、保証はできぬ」

「そこを一つ、なんとかしてくれ」

利家はおかしくなった。大声をあげて笑うと、笑い声を聞いたまつが顔を出した。

話はちゃんと聞いている。顔を出すのは、笑い声がきっかけだった。

「お忙しいでありましょうが、そこをおつとめにならねば」

「いや、つとめてはいるのだが……」

秀吉は柄にもなく、照れた。

「そのうち、ねねどのと相談してみましょう」

「それはよろしいが、あまり詮索して下されるな」

秀吉は頭を掻いた。そろそろ、秀吉にはあちらこちらとまめに女を漁《あさ》る噂が立っている。

「女同士には女同士の話というものがあるようだ。おまえさんはなにも気にかけることはない」

「そうかね」

不安そうにうなずいたので、また一しきり、笑い声が上がった。

いま出頭人第一の秀吉も、利家夫婦の前では、すっかり素地が出る。そこがまた、かれのいいところだが、一人ぐらい、子を遣《や》ってもいいと、利家はもう腹のなかで決めていた。たぶん、まつもそのつもりだろう。

じじつ、天正二年にまつの生んだ女児は、秀吉に養われた。『政春古兵談』には、

「備前秀家《びぜんひでいえ》の内室出生の時は、秀吉の公お付きなられ候て、男子にても女子にても我等の子に貰うとて、御誕生と等しく、御懐中になられ、お帰りの由なり」

とある。

生まれるのを待ち構えていて、貰って行ったというのである。この女児は豪姫とい

い、秀吉養女として宇喜多《うきた》秀家に嫁いだ。

二

利家が前田家相続ののち、はじめての戦いは、元亀《げんき》元年四月、越前の朝倉義景《あさくらよしかげ》攻めだった。

この年、信長は皇居修理ならびに天下静謐《せいひつ》のため、諸国の大名に上洛せよ、と申し送った。天下静謐とは微妙ないい廻しだが、要するに、ある中心柱の令一下、集まれということである。

その中心柱は、諸家の感覚でいえば、

〈将軍〉

でなければならず、信長が押し立てたにせよ、義昭という将軍がいた。命令はしかし、信長が出した。

これはちゃんと、筋道が通っている。前年、信長は〝殿中掟〟というものを作って、新将軍の規則を定めたが、今年はそのうえ、五カ条の条文を認めさせた。

それは、

一、諸国へ御内書を遣《つか》わすとき、信長の添え状を必要とすること。
二、天下のことを信長にまかせたうえは、なにによらず、上意を受ける必要がないこと。

などで、ひっきょう、将軍は名ばかりになっている。いま、諸国に召集令を出したのは、この条々によるのだった。

越前の朝倉は反撥《はんぱつ》した。それればかりでなく、将軍義昭と結んで、反抗する勢いを見せた。

義昭の常に定まらない態度は、いまにはじまったことでない。たぶん、その後も向背を見せるだろうが、そのたびに反織田の諸大名の姿が明確になることであり、矛盾するようだが、

〈反将軍〉

の徒として、攻撃の理由になる。

朝倉がそうだった。

信長は将軍になり代わって、号令している。朝倉では、将軍義昭のひそかな命令で、反抗している。将軍が二人いて、集まれといい、また集まるな、といっているような

ものだった。

信長は四月のはじめ、その義昭と調馬を見物したり、居館二条城で、能を興行したりしている。むろん、裏で義昭がなにをしているか、すべて見通しである。

二十日、信長は越前征伐に兵を発した。利家らは手筒山で奮戦し、さらに金ヶ崎城を攻め陥した。

すべて予定通りだった。ところが、ここにまったく予期しない出来ごとが起こった。浅井長政《あさいながまさ》の離反である。

長政は信長の妹お市《いち》の方《かた》の聟である。信長の上洛に当たっても、常に先鋒をつとめる有力大名だった。

信長は最後まで、

〈まさか〉

といって、本気にしなかったという。

けれども、長政離反は確実になった。信長はあわてて秀吉を金ヶ崎に殿軍《しんがり》として置き、朽木谷《くつきだに》を越えて京へ馳せ戻った。

利家らは、長政勢の進軍を押しとどめた。柴田勝家の軍勢が再三、危機におちいったので、なんども引き返して、奮戦した。

勝家は深く、その功を徳として、信長に上申したので、信長はわざわざ利家に恩状を与えている。

やがて、姉川《あねがわ》に戦い、さらに九月、信長は石山の本願寺顕如《けんにょ》を攻めた。十四日、城兵が天満ヶ森に出てきた。一向宗門徒の命知らずの勢いは、思いのほか強い。

まっ先に、元気よく進み出た佐々成政は、またたくまに傷ついて退《さが》った。先鋒隊はいちどきに崩れ立った。

利家は僅かな配下の士とともに、森口の堤の上で頑張った。右に左に、自慢の大槍を揮い、七、八人の敵を倒した。織田勢は勢いを得て、城兵をふたたび追い込んだ。

〈天下第一の槍〉

と、信長が利家を称したのは、この堤上の一戦だった。

天正元年八月、ふたたび越前に向かい、朝倉義景を攻めた。江北より疋田口にかけ、義景を追撃するときの光景を『総見記』はつぎのように述べている。

「さてまた、前田又左衛門、佐々内蔵助、戸田半右衛門、下方左近、岡田助右衛門らは、お触れを守り、宵より支度し、こしらえありければ、けっく御先へ参りけるを、先に行くは何者ぞ、とお尋ねあり。そのとき一々名乗りて申し上げれば、信長公御錠《じょう》には、さては今夜の先陣は、それがしならではあるまいと思いければ、汝らにこされたる也、とおたわぶれに御機嫌よろしくお馬を早め給う」

利家はじめ、馬廻りの錚々《そうそう》が、大将信長を追い越し、追い越し、進撃するさまである。

刀禰坂《とねざか》というところで、接戦になった。利家はここでも先陣して、一人二人の敵を倒した。

かれを護るように、村井長八郎、小塚藤右衛門のほか、新たに家中となった木村三蔵らが、一とかたまりになって奮戦した。

長八郎は戦いながら、かれら以上に奮戦している一人の男に気づいた。

「との、あれを見てやりませ」

利家が振り返ると、その男が血槍を振って、にやりと笑った。

奥村助右衛門だった。かれは利家の兄利久に従って、数年諸国を流浪し、節義を守ったが、いまひそかに戦に従い、奮闘しているのだった。

かつて、利家が信長の勘気を蒙って、一度ならず二度までも、ひそかに軍に従ったことがある。ひとごとではなかった。

「ようやったぞ」

利家はわざわざ声をかけてやった。

「かたじけのうござる」

助右衛門はうなずき、さらに敵陣へ駈け込んで行く。一同があとを追う。前田勢は
またしても先陣の功名を立てた。

以来、助右衛門は利家の股肱《ここう》の臣となった。長八郎も利家より又兵衛の名をもらって、面目をほどこした。又左衛門の又の字である。

翌月、小谷城を攻め、浅井長政を自刃させた。十一月には河内の若江城を攻め、天正二年七月、長島一揆を討ち平げた。まったく席あたたまる暇もない。

天正三年五月、長篠《ながしの》の戦である。利家はこのとき、佐々成政とともに、鉄砲隊を率いた。

「鉄砲はいちいち命中させようと思うな。撃てばよい。撃てば、なにか当たるものだ」

利家はかれの一隊に、こう指示した。いつか、十兵衛と名乗っていたころの明智光

秀から聞いた言葉そのままである。そして、それが鉄砲というものの本質だった。

かれはまた、馬防柵というものを用意させてあった。精強な甲州兵を柵によって防ぎ、その間に鉄砲を放つのである。

当時としては、驚嘆すべき数の三千挺という鉄砲であった。これはひとえに秀吉の力である。かれは堺、国友に督励し、日本一の鉄砲の量を集めた。

この三千挺を三段に分け、一段目が撃つ間、二段目は点火して構え、三段目に弾をこめさせた。これを繰り返す。

〈三段装塡法〉

という新戦法である。

二十一日の朝、武田方の大将勝頼《かつより》は、軍勢を設楽原《したらがはら》に進めてきた。

「あわてるな。鉄砲は撃てばよいのだ」

利家は重ねていった。これは奮進してくるに違いない甲州兵の勢いから、鉄砲足軽たちを安心させる効果があった。

「敵を見なくてもいいのだ。怪我せぬよう、手元をしっかり見つめておれ」

ともいった。

成政のほうでは、しきりに狙って撃て、ということを強調した。が、利家のほうの銃がより多く、命中した。

武田方のもう伝説にもなっている高名武将たちが、名もない足軽たちの放つ鉄砲の前に、つぎつぎと倒れていった。その光景は、槍をもって奮戦してきた者の思いにとっては、むしろ哀れだった。

黙視してはおれなかった。利家は独り進み出て、朱武者一人を槍をもって、討った。その者は弓削《ゆげ》なにがしと名乗ったが、名はどうでもよかった。せめて一人ぐらい、槍で渡り合う戦をしたかったのである。

一転して、越前へ向かうことになった。

こんどは朝倉などという大名ではない。戦国の世に出現した怪物だった。

その名を、

〈一向一揆〉

という。

かれらの望みは、

〈武家を地頭にして、手ごわき仕置きにあわんより、一向坊主を領主にして、わがままをいいてあしらわん〉

というものであり、げんに、加賀の国では、本願寺の坊官、大坊主小坊主、郡の長《おとな》、牢人衆などで、

〈百姓のもちたる国〉

を形成していた。その前に、守護富樫《とがし》氏が滅ぼされている。

国続きの越前でも、そんな変動が起こっている。朝倉滅亡のあと、信長が越前守護代にしてあった桂田長俊という者を、越前一向一揆が攻め討ったのである。

もっとも、一向一揆の社会だからといって、必ずしも極楽とはかぎらない。こんどは本願寺の苛酷な支配下におかれた。

門徒衆と大坊主との間に、争いが起こった。信長はそんな機会を見逃さない。八月十二日、大軍が越前に攻め入った。

虎杖《いたどり》城の下間《しもつま》頼清、鉢伏城の専修寺、河波賀三兄弟、ほか今城、火燧ヶ城などの一揆勢は総崩れとなり、みな府中（武生《たけふ》）めざして逃走した。その府中の前面に立ちふさがっていた織田勢が、これらを討ったり、また捕らえて斬ったりした。

先陣はさらに、加賀にまで攻め込んだ。

こうして南加賀から越前まで一応の平静を得たので、信長は北ノ庄に城を築かせ、越前八郡を柴田勝家に与えた。

うち、大野郡を金森五郎八および原彦次郎に、そして府中近辺十万石を、前田利家、佐々成政、不破彦三の三人に与えた。

これら府中の三人は、俗に、

〈府中三人衆〉

とよばれた。

三万三千石ずつである。妙な配置だが、これは北国《ほっこく》総師の勝家を監視し、かつ監視役の常として、複数をとったものである。

けれども、勝家にとっては、有力な配下幕僚だった。ことさら仕組んだわけではないが、柴田勝家一党のもとに組み込まれ、一様に、

〈北国衆〉

とよばれた。

それにしても、利家はようやく大名の格に昇ったのだった。

利家は、禄三万三千石のほとんどをあげて、家臣に分けている。
百石以上の家臣と禄は、つぎの通りである。

千石　前田五郎兵衛（利家兄）
千石　前田右近（利家弟）
千石　青山吉次
八百石　高畠孫十郎
二百五十石　村井又兵衛
二百五十石　小塚藤右衛門
二百石　近藤善右衛門
百八十石　木村三蔵
百五十石　富田《とだ》与五郎（景勝）
百三十石　篠原勘六
百石　富田与六郎（景政）
百石　奥村助右衛門

前田家の素地が、ここにできあがった。

これらを、

〈府中衆〉

といい、のちのちまで前田家にあって優遇され、敬意を払われることになる。

その後、しばしば一揆の反乱があった。利家は意を決し、捕らえた一揆者を磔《はりつけ》にしたり、釜煎《かまい》りにして殺したりした。

むごいが、当時の刑罰思想による、

〈見懲《みこ》らし〉

だった。

近年、府中の味真野《あじまの》の畠から、一つの瓦が出た。それに、

「この書き物を見たら、後世まで物語りして伝えよ。前田又左衛門殿が、一揆千人ばかりを捕らえ、磔にしたり、釜煎りにして殺した。一筆書きとどめる」

という意味の文字が彫りつけてあった。

残酷ととろうと、やむを得ぬ仕儀ととろうと、人々の勝手である。が、こんな峻《しゅん》烈《れつ》さを必要とした時代だった。

戦いはまだ続く。府中の一大名として、利家は北国の空を睨んでいる。

三

府中（武生）での利家の居城は、いまの竜門寺の場所にあった。

竜門寺は元来、正安元年（一二九九）に悦岩宗禅の開創したものである。かれが入府したときから、二百七十余年も前になる。

ただし、何十年も前から、同寺は一向一揆の本拠になったり、また朝倉氏の一出城になったりして、いわば単なる城郭として存在していた。俗に府中城といえば、とりもなおさず、ここを指す。

府中三人衆は、南条・今立二郡十万石を均等に分けたが、府中城に入った利家は、いわば、三人衆の筆頭ともいってよかった。

もっとも、織田信長の領国支配は、後年の封建制度とは異なり、領地を与えるのではなく、それぞれの家臣に、かりに領地を委託するといった意味合いがある。だから、命令によっては、直ちに東へでも西へでも、移らねばならない。

統一国家の郡県制に近い。すでにそんなことを考えていたのかもしれないが、ずいぶん近代的だった。

たとえば、明智光秀反逆の一原因として、かれの領国丹波《たんば》を召し上げられたことがあげられるが、これは召し上げたのではなく、転任を命じたにすぎないと考えるべきものだった

けれども、任された以上、責任がある。ことに、越前の地には、まだまだ一向一揆衆が潜んでいて、機会あれば蜂起しようとしている。油断はならない。

利家はまず、居城の修復からはじめた。濠を掘り、石を積み直し、館を改築することに精出した。

新しい領主が新しい領民に威容を示すのは当然なことだが、そればかりでなく土木建築を起こすのは、領民たちに職や銭を与え、要するに活気をもたらすことにもなる。

利家の盟友、秀吉はよくこの手を使った。大がかりにことを行ない、多くの人間を集め、莫大な金銀を散じた。ときには、不必要と思われる大工事さえも起こしている。

それが常識であり、利家もこの難しい一向一揆の地にそれを行なった。

仕事がだいぶ進み、北国の冷たい風が吹きつのる初冬のある朝だった。利家は早くから改修現場を見廻っていた。

囲りに従う小姓たちの数も多くなっている。篠原勘六、富田与五郎、木村三蔵とい

った少年たちで、小塚藤右衛門、村井又兵衛などはもう、古株になってしまっている。

「や、おやじどのが、坊さまを連れて参りました」

富田与五郎が利家にいった。

「そうかい」

利家は石積みの指図をしながら、口だけで応えた。

与五郎の父、治部左衛門景政は、町はずれの石伐り場の差配をしているはずである。

そのかれが、どこの坊主を連れてきたのか、というくらいの思いである。

すると、傍から藤右衛門が頓狂な声をあげた。

「ごらんなされ、あれは岩恕どのではございませぬか」

その声に振り向くと、すぐ近くに岩恕が歩み寄っており、笠を脱ぎかけているところだった。

相変わらず陽焼けした顔がたくましい。五十近いだろうに、少しも変わっていない。

その背後に、景政がひかえ目に立っている。

「おお、これは御坊」

と、利家も少々、頓狂な声になっていた。

「久しぶりですな、ようこそお見えになられた」

これに対し、岩恕は、

「いや、久闊《きゅうかつ》久闊」

淡々としている。言葉とはうらはらにさして久しぶりの邂逅《かいこう》という気ぶりは見えない。

行雲流水。たまたま出逢ったにすぎない、というわけだった。

「では」

景政が静かに一礼した。

二人の間柄を見届け、得心したというふうである。

「待ちなされ」

岩恕が声をかけた。が、景政ははにかむように立ち停まった。

「この者がなにか」

利家がいうのに、岩恕は首を大きく振り、

「いやいや、おまえさまはよい家来をおもちだ」

「そうですか」

「いま、こうしておまえさまに逢えるのも、この仁のおかげです」

「どうなされた」

「いましがた、そこで牢人衆に襲われましてな。困惑しているところを、この仁が救ってくれた」

「襲われた、と」

利家は景政のほうを見た。すると、景政は低い声で説明した。

「相手は一揆の残党でありましょう。この坊さまを斬るつもりでございましたろう。なに、だれでもよかったのです。殿の城下で、不祥事を起こすのが狙いなのでしょうから」

「で、どうした」

「少し痛めて、捕らえてあります」

「斬《ざん》」

利家は一言、いった。

「ではそのように」

景政は改めて一礼して、去った。そのうしろ姿を見送り、岩恕が感に堪えたようにいった。

「なにげなく申していたが、いや、なんとも水際《みずぎわ》だった手さばきでござったわい。一瞬のうちに、牢人衆の手首を斬り落としておりましたから」

「あれなら、そうでしょう」

「何者です」

「兵法の達人ですから」

富田景政、兵法中条《ちゅうじょう》流の宗家である。じつは兄がいて、勢源という。眼を患って隠栖《いんせい》したので、弟のかれが家を継いだ。

代々、朝倉家に仕えていたが、衰亡によって国を出ようというとき、前田家に仕えた。

「それは大変な人材だ」

と岩恕がいうのに、利家は、

「いえ、兵法の芸はむろん高く買います。けれども、武士は戦場での槍先にある。兵法はあくまでも私事だと思っています。この者、つまりいまの者の倅だが」

と、与五郎のほうを向いていった。

「この者も兵法をたしなみます。しかし武士の働き場は戦だと、常々いい聞かせてあります。つまり兵法ができるからといって、格別あつかいはしない」

与五郎は少年らしい瞳をきらきら輝かし、大きくうなずいていた。

「しばらく見ぬまに、人間も大きくなられたようだ」

と岩恕がいった。

かほどの高名剣士を召し抱えていながら、少しも自慢せず、むしろ一家臣としてあつかっている度量に感心しているらしい。

「いえ、まだまだ至りませんよ。だいいち、わが城下に、一揆の残党輩が横行し、御坊を襲うとは、身の不徳というべきか」

「それは徳、不徳ということではござるまい。混乱のなかの一つの出来ごとでしょう。そんなことを申せば、襲われたわしが不徳だったということになる」

「御坊は不徳ではござるまいよ」

「なんでしょう」

「ただ」

と利家は笑った。

「斬り甲斐があったから」

「そうやも知れぬ」

岩恕も笑った。たしかに、斬り甲斐のある大柄な禅坊主だった。

「さあ、こちらへどうぞ。まだ仮の建物ですが」

利家がいざなうのに、岩恕は首を振った。

「城主の館へ入るのも悪うはござらんが、じつはおまえさまを訪ねてきたわけではない」

「と、いわれると」

「おまえさまが、府中の大名になられたことは、それはそれで芽出たいことだし、蔭ながら喜んでもいた。が、わしはきょう、近くの宝円寺へ参ろうと思っているのです」

「宝円寺と」

「領主もご存じないか。いや、そうでござろう。衰えて見るかげもござらぬゆえ。しかし、そこの住持は傑物です。大透圭徐と申し、わしの兄弟弟子だが、あの男だけにはかなわぬ」

「ほう、御坊のかなわぬ人物が、世の中にいますのか」

「残念だが、います。そこへ参ります」

「わしも行ってよいのかね」

「お望みなら」

岩恕は微笑んだ。その微笑は、もしかしたら、利家をそこ、宝円寺へ連れ出すことのできる安堵だったかもわからない。

利家はそのまま、岩恕と同行することにした。小姓が二、三人、従っている。身なりも野袴《のばかま》のままだった。

宝円寺は府中の西郊、高瀬村に在る。在るというだけで、はなはだ萎靡《いび》し、荒れ放題の有様だった。

傾いた山門や一と押しすればいまにも倒れそうな本堂が、まばらな木々の間に見える。

そこは、何度も利家は馬で通ったことがある。まったく印象に残らない寺だった。

案内してきた岩恕自身、

「ほう」

と驚いたように眺め、

「年々、ひどくなる」

とつぶやいたくらいだった。

が、岩恕は叫んだ。

「頼もう。やい、頼もう」

びっくりするような大声だった。それが禅家の常なのかもわからないが、荒っぽすぎた。

かなり時間をおいてから、僧が出てきた。小柄で、柔和な眼の色だった。これが大透圭徐なのだろう。

「そうでかい声を出さんでもよろし」

少し、笑っている。

利家は軽く会釈した。一瞬だが、足音、袖のひるがえしよう、息遣いに、一種の風韻を感じていた。

「このご仁をご存じか」

と岩恕は利家を指していった。

「いいや」

「こんど府中の主になられた前田利家さまだ」

「なるほど」

ほんの少し、大透が笑顔を向けた。ただし、それだけである。さして礼を尽くそうというふうは見えない。

「このご仁が、当宝円寺を復興されるそうだ。お望みのこと、なんでも頼むがいい」

岩恕は勝手にそういった。

まったく勝手ないいぶんだが、利家はあまり驚かなかった。そんなことになるのではないかという予感がないでもなかったのである。

「そうですか」

と大透はうなずき、

「それなら丁重にいたさねば」

いいながら、しかし軽く会釈したにとどまった。

「なんなりと」

利家は大透の風姿に早くも感服している。なんのためらいもなく、こんな言葉が出た。

「せっかくだから、申し上げます。たぶん、あなたの城修復のためでございましょうか、人々が勝手に入り込んで、木や竹を伐《き》って行きます。石などももち去ります。こんな荒れ寺ですから、かえってさっぱりするようなものですが、あとがいけない。木や竹にも命があります。根絶やしにしては困ります。もそっと、うまく伐れないものか、そこのところを配慮いただきたい」

大透は静かにいう。じつは竹や木の伐りようどころか、勝手に伐採されることに不満があるのだ。

「それは申しわけござらぬ。直ちにとりはからいます。ほかに」

「ありません」

大透はにこにこしていった。

「こんな坊主ですわい、この男」

と、岩恕がいった。

「だから出世もせぬ」

「それはお互いさまだ」

「それもそうか」

岩恕はひとしきり笑い、利家にいった。

「こんな坊主でよかったら、たまには訪ねて下さい」

「そうさせていただく」

利家はだれにともなく一礼して、寺を出た。

みちみち、藤右衛門が不服そうにいった。

「玄関あしらいでございましたな」

「そうだったかな」

利家はおかしそうに小首を傾《かし》げた。

「わしはまた、充分な応接を受けたような気がしたが。いや、そういえばそうだな」

領主が領内の一寺院で、玄関あしらいされる面白さだった。それだけ、大透の風姿に、一見して尊崇の念を抱いたということなのだろう。

利家にとってこの無縁の旧寺は、やがて前田家の香華寺《こうげじ》となった。大透圭徐に帰依し、亡父利春の墓を置いたし、大透また、利家が能登七尾《のとななお》へ移れば七尾へ、金沢へ移れば金沢へ、招かれて移り、そのたびに宝円寺が建てられることになる。

四

府中での利家の仕事は、他の北国衆とともに、一向一揆を討つことだった。忘れたころ蜂起するかれらを攻め、かれらの勢力を駆逐した。

が、かれらの北国の本拠は加賀だった。

〈百姓のもちたる国〉

といわれ、本願寺から派遣されてきた坊官、在地の大坊主・小坊主、牢人衆、村長衆などが中心になって、一種の宗政一致の自治体制を作っている。

いずれはその加賀にも攻め入らねばならないが、加賀のそのまた北隣、越中、能登には、越後の上杉謙信《うえすぎけんしん》の勢力が及んでいた。

信長にはまだ、謙信と戦う余力がない。なすべき多くのことがあるばかりでなく、甲斐《かい》の武田氏とともに、もっとも怖れる相手だった。そのさまは、

〈虎の尾を踏む如し〉

というほど、畏《おそ》れはばかり、直接戦うことを避けてきた。

そのさい、加賀の一向一揆の存在は微妙に影響した。本願寺と姻戚にあたる武田信《しん》

信玄《げん》は、この一揆を大いに利用した。

謙信が信州から関東へ出てくると、一揆勢に越中へ攻め込ます。そこであわてて謙信は馬を返すというわけだった。

一揆衆はむろん、謙信の上洛もはばんだ。信長の妨害もした。かれが中央にいてあまりうまくことが運ばないのは、ことごとに一揆が喰らいつくからだった。

当面の強敵は石山の本願寺であり、背後に蠢動《しゅんどう》する加賀一向一揆である。信長はしかし、加賀の一揆勢を、謙信との緩衝的役割に使っていた。討たねばならないが、急げば、直ちに謙信と太刀を合わさねばならなくなる。

そんな微妙ななか、信玄が死んだ。加賀一揆勢の一方の力が崩れつつある。

加賀一揆勢の立場からいうと、北からくる上杉勢と、南からくる織田勢に挟まれる恰好だが、かれらは上杉勢と組んだ。

織田勢はかれらの本山石山と直接、敵対する相手であったからだし、越前の一揆を潰した憎むべき敵だった。

その点、謙信は何度も戦ってはいるものの、越中でときに組んだこともある。また、謙信が上洛するについて、わざわざ丁重に通行を申し入れてくれたことがある。

まず、法敵信長を討つための当然の同盟だっただろう。

謙信は加賀一揆勢と同盟するや、たちまち兵を進め、能登に入った。天正四年には、いったん関東の状勢急迫のため引き揚げたが、天正五年にまたしてもやってきた。

能登は長年、守護畠山《はたけやま》氏の居住するところである。本城七尾に地方には珍しい文化を築き上げていた。

が、しだいに内訌《ないこう》がはげしく、二派三派に分かれて争っている。そのたびに、領主は追放されたり、毒殺されたりした。

当時はまだ幼児の春王丸が城主だった。その七尾城へ、一万の大軍をもよおして攻めかかった。

すでに、能登の各地にある支城のことごとくが陥ちている。堅城とはいえ、天正五年の秋、七尾城はまったく孤立してしまった。

重臣たちの多くは、謙信に降《くだ》ることを考えはじめた。執政の代表、温井景隆、三宅長盛らは、そろそろ謙信によしみを通じているらしい。

一人、頑強に反対したのは、長《ちょう》綱連だった。かれは幼主春王丸を護り、ひそかに織田家を期待して戦うことを主張した。

綱連の弟に、連竜という者がいる。かれは八月末のある夜、そっと包囲を脱け出た。安土の信長のもとへ、援軍を依頼に行くためだった。

連竜は乞食に身をやつし、加賀を抜け越前へ入った。ある日、利家のもとへ、

「おかしな乞食を捕まえました」

と、藤右衛門が連竜を連れてきた。

やつれてはいるが、眼が異常に輝く偉丈夫だった。その眼から、涙がはらはらとしたたった。

「能登七尾の城から参りました。安土へお願いの儀がございます」

利家はみなまで聞かなかった。

「かゆを与えよ」

といい、連竜がかゆを食べ終わったころもう早馬ができていた。急使らしい人の姿もいた。

「手前がじきじき懇願仕《つかまつ》ります」

「当然だ。しかし、わしはわしとして報告する。まあ、一人より連れがあったほうがいいだろう」

と利家は笑いかけた。

使者と連竜が帰ってきた。使者は直ちに出陣すべしという命令を受けていたし、連竜は連竜で一刻も早く七尾へ告《し》らすべく、意気あふれていた。

利家はこの旨を直ちに北ノ庄の柴田勝家に告らせるとともに、早くも軍貝を吹いて、出陣を用意させた。

「われらとともに行くか」

「いえ、とにかく七尾城へ報告します。そうでないと、悪者どもがなにをやらかすか、わかりません」

「そうか。では急ぐがいい。ただし、念を押すようだが、けっして早まるではないぞ。世の中は、一寸先が闇だ。どのような事態になっていようとも、早まってはならぬ。時機を待って、再挙を心がけるべきだぞ」

「かたじけのう存じます」

連竜はなんども頭を下げた。それは不吉な言葉ではあったが、より温かさがこもっていた。

連竜は走った。走り続けて加賀の倉部《くらふ》浜まできたとき、はや上杉勢の先鋒の姿が見えた。

〈これは〉

と思っていると、街道の木立に人が群がっているのに気づいた。

首だった。それも、かれの父、兄、一族の者のものだった。

温井、三宅の一党は、降参に同意しない長一族を暗殺し、そして開城していたのである。そのさまを、たぶん救援に駈けつけてくるであろう織田勢に見せつけるため、こんなところにさらしたのだろう。

利家の不安が当たった。どのような事態に遭おうと、早まってはいけない、という言葉がよみがえった。

連竜は涙を押さえ、人々とともになにげなく一族の首級を眺めてすました。苦しかった。

ようやく、織田勢の先陣が到着した。その旗は見覚えある〝梅鉢印〟だった。

〈前田どのだ〉

連竜は望見すると、一散に駈け寄った。

利家は馬上で連竜の姿を見ると、

「無念であったな」

と声をかけた。

もう七尾落城の報が伝わっていたのだろう。

「はい」

あふれるように、涙がほとばしった。利家の顔を見ると、それまで押さえていた涙が、一挙に噴き出るようだった。

「さらに無念なことがある。落城とあっては、われら出陣の意味はない。一同引き揚げることになった」

「そうですか。いえ、そうでありましょう」

「が、いずれ必ず出てくる。そして、上杉勢を討つ。七尾も回復する。それまでいっときの辛抱だ」

「はい」

連竜はうなずきながら、ふと気づいたことだが、あたりには利家の一隊だけしかいなかった。先鋒なら、背後に陣列が見えるべきなのに、利家隊だけ、ぽつりといる。

それも、ごく小部隊である。

〈この人は、自分のためにやってきたのではないか〉

連竜はそう思った。

さりげなく利家はいった。

「さ、いったん帰ろう。こんなところにいても仕方がない。だいいち、小人数だ。敵と遭ったらひとたまりもない。そうかといって、逃げるのはいやだし、な」

じつは織田勢が越前へ引き揚げたのち、連竜を案じ、利家だけがなお北進してきたのだった。

うろうろしては危険極まりない。敵というのは、上杉勢ばかりでなく、加賀一揆勢もいるのだ。

「かたじけのうございます。では、列に加わらせていただきます」

「そうするがいい。が、忘れものをしてはいかん」

「忘れものとは」

「首級さ。雨ざらしにしておくわけにはいくまい」

「しかし……」

またとって返さねばならない。

「いいともさ。そのために人数がいる。それ」

利家が声をかけると、数人の若侍が、すぐに連竜の傍《かたわら》に寄った。

「さ、急ぎましょう」

「かたじけない」

連竜と若侍たちは、馬を駆って走った。首級を収め、また駆け戻ってくると、利家は先刻と同じ場所に、同じ恰好で待っていた。

かすかに、首級に一礼して、

「さ、行こう」

馬がようやく、動きはじめた。

そのころ、上杉謙信は七尾城を落とし、意気揚々としていた。じっさいに、落とした城へ登ったのは、同年九月二十六日だが、かれが詠じたと伝えられる『九月十三夜』は有名である。

霜ハ軍営ニ満チテ秋気清シ
数行ノ過雁月三更

越山併セ得タリ能州ノ景
サモアラバアレ家郷遠征ヲ懐フ
謙信のこの得意の詩のうらに、一族ことごとく討たれた長連竜の悲痛の叫びがある。連竜はしかし、無言で歩む利家隊に入り、ただ黙々と歩んだ。

この連竜は、安土に行き、ひたすら信長に出馬を願うが、上方が多忙でなかなか実現しない。自ら牢人をつのり、能登、越中に画策し、苦難の年月を送るが、やがて翌六年謙信が春日山城で死んだ。

それでも、織田勢が直ちに北陸に兵を進めることはまだ無理だった。

天正六年十月、利家は北国衆らとともに摂津の荒木村重、中川清秀を茨木城に攻め、七年には村重ら族人の討戮《とうりく》の軍監を勤め、八年には秀吉とともに鳥取城攻めに加わっている。

九年二月、信長は正親町《おおぎまち》天皇の叡覧に供するため、大馬揃えを行なったが、同三月また小馬揃えを催したところ、謙信の後嗣上杉景勝《かげかつ》が越中へ進出し、小出城を包囲した。

北国衆柴田勝家以下、利家、不破彦三らが急行、景勝らを駆逐した。このとき能登で少しずつ勢力を盛り返しつつあった連竜が、多少の軍勢を率いて参加した。

「よう参られたな」

利家がにこにこと声をかけた。

「もうすぐでござるぞ、能登の回復は」

「さよう心がけておりまする。それもこれも、みなお手前さまのご配慮のおかげです」

「いやいや、そなたの武運というものだ」

と利家ははげました。

この戦で、信長は連竜に感状を送った。

〈此時残ラズ打果タスベキノ覚悟候キ〉

と賞《ほ》めている。

直後、利家にとっても、連竜にとっても、一つの変化が起こった。

信長が利家ほか、菅屋長頼、福富行清の三人に、能登の国政を監せしめた。一時、利家は館を羽咋《はくい》郡菅原というところに置いたが、同年八月、信長はついに能登一国を利家に与えた。

ようやく一国の主に昇進したわけである。そして、長連竜を与力とした。連竜は能登唯一の国侍なのだった。

利家は畠山氏の拠《よ》った七尾城でなく、小丸山《こまるやま》というところに、城を築いた。高さ十四、五間の丘陵で、海や島が望まれる。現在の小丸山公園である。

府中はかれが北国に覇をとなえる第一歩であるとすれば、七尾入城はその第二段階というべきものだった。そしてこの地は、前田家の長く領するところとなるが、かれには『霜ハ軍営ニ満チテ』など、誇るところがない。ただせっせと、城造り、城下町造りに励むばかりだった。

本能寺《ほんのうじ》の変

一

天正十年元朝《がんちょう》が明けようとしていた。

利家はまだ構築半ばの七尾城台上に立って、ほのぼのと微光のただよう海面につらなる能登の島山を眺めている。

寒いが、風はない。うっすらと積もった雪が、足元で微《かす》かな音を立てた。静寂である。

一国の主として、はじめて迎える正月は、久しぶりに平穏無事のようだった。

陽《ひ》はしかし、海辺からは昇らない。東方の山脈《やまなみ》、そこは滅亡した畠山氏の古城跡につらなるが、まずぼんやりと赤く染まってくる。

北国の陽は淡く、柔らかい。が、見るまに、湾内のさざなみは輝きはじめている。

「ここでございましたか」

まつだった。

「なにをお考えでございます」

雪を踏んで、並びかけてきた。

じっさいは、利家のうしろにひかえただけだが、相並んだ心地にほかならない。

「歌を」

利家は振り返りもせず、ぽつりといった。

「歌をお詠みですか」

「いや、古人の歌だが」

と、そのまま、低く謡った。

〝とぶさたて、舟木伐るという
能登の島山、きょう見れば
木立繁しも、幾代かむびそ〟

能登がまだ越中の管内にあったむかし、国司大伴家持《おおとものやかもち》が巡察にきて詠んだものである。

とぶさとは鶏頭で、木の伐り口にそのようなものを立てる慣《ならわ》しだったそうだが、
ある。

眼下にただ、むかしに変わらぬ島山がうっすらと雪化粧して、かすんでいた。

「それは、むかしの御領主さまの歌でしょう」

「御領主と」

利家は振り返り、

「なるほど、御領主だな」

と、少しはにかむように笑った。

まつはたぶん、利家が能登の領主になった満足感を、むかしの国司家持卿の歌に託して謡っているととったのだろう。

歌そのものは、神鎮まる島山の木立ちの情景を詠んだものにすぎず、とくにきおいはない。利家にもなんのきおいもなかった。

「おかしなものだな」

「なにがです」

「わしがこのような北国の地を得ようとは思わなんだ」

「おいやでございますか」

「好き嫌いではない。どちらかといえば気に入っている。それで満足していいのかどうか……」

むろん、領土を拡大し、はては天下を望む、といった考えではない。事実上の天下人、織田信長の律儀かつ忠勇な武将として、そんな発想はないのだ。

この年、利家は四十五になる。当時なら、そろそろ〝老〟に入りつつある。

その間、ひたすら戦場を駆け廻ってきた。その一つの結果がこれだと思うと、満足ともはかなさともつかぬ感慨が湧くのだった。

「わたしは満足していますよ」

とまつはいった。

「おまえがそうなら、わしもそれでいい」

「いえ、わたしはいつも満足なのです。おまえさまが、営々とお働きになっておれば、たとえ不運にも禄を離れることがあっても、またひょっとして、天下人になられても、わたしは別に変わりません」

天下人、という大それた言葉が、ひょいと出た。

淡々とした口調である。それは無欲で常に現状に満足しているまつの心であり、利家にもそうあってほしいという願いなのだろう。

「それに、わたしはこの地が大好きでございます」

「なぜかな」

「人気《じんき》がよろしいので」

「そうかな」

「そうですとも。さすが畠山さまの御城下だけあって、趣味風流もみやびでございます」

たしかに、いっときは能登のこの地に〝畠山文化〟ともいうべき文化の華《はな》がひらいていた。

都から公卿、学僧、歌人、文人がやってきたし、茶人、能楽師、工芸師が住みつき、代々の当主もまた、それらを手厚く迎え、保護、奨励した。早くも、堺流の茶道がもち込まれ、城下市人のあいだにもはやってもいる。

それらは、後年、前田家の〝百万石文化〟のなかにないまぜになって、その特色が失せたが、たしかに、辺陬《へんすう》の地には珍しい文化だった。

「しかし、一向一揆衆などもいるぞ」

「それとても、人気がよろしいからでしょう。詳しくは存じませぬが、弥陀《みだ》の本願とやらに、みな一途に従う温和な性《さが》でございましょう」

「なるほど、そういう見方もあるか」

利家は笑った。楽天的といってもいいまつは、なにに対しても無邪気である。

「あ、ご覧なされ、舟が出て参りました」

まつが湾内を指さした。

色とりどりの幟をなびかせ、五、六艘ずつ、一団になって、おだやかな波を割って進む。

「起舟《きしゅう》とやら申すのだそうです」

「きしゅう、とは」

「舟起しでございますよ」

「そいつは縁起がいい」

「別におまえさまを祝っているのではありませんよ」

「それはそうだろう。今年の大漁を祝ってのことだろうが、わしはここから祈りたい」

「おまえさまも、御領主らしい言葉をいわれましたな」

まつがいって笑った。九歳年下のまつは、三十六歳である。これまでの苦労もこれからどう変化するかわからない不安も、まったく見せないありのままの姿だった。

子女は八人になっている。

ことに、嫡子利長《としなが》は利家の旧居城、越前府中を賜って在城しているばかりか、去年、信長の五女永（玉泉院）を娶《めと》っている。主家と姻戚になったわけだ。

長女幸　藩臣前田長種に嫁す。

二女粧　藩臣中川光重に嫁す。

三女摩阿《まあ》　秀吉の側室、加賀殿。

四女豪　秀吉養女、宇喜多秀家に嫁す。

五女与米　浅野幸長と婚約し、入輿《じゆよ》にいたらずして死す。

六女千代　細川忠隆に嫁す。

そして、二男利政《としまさ》がいる。この年五歳で、又若《またわか》とよばれている。後年、能登侍従、七尾城主となる人物である。

いずれも、芳春院の所生《しょせい》だ。

ほかに、笠間氏（隆興院）の所生で、菊という子がいるが、秀吉に養われたのち、大津の商人西川重元に育てられたが、幼歿した。

当時、豪姫をのぞき、いずれも手元にいる。賑やかで、盛んなさまをしのばせる子女たちだった。

利家とまつは、そんな子女に囲まれ、平穏な正月を迎えた。思えば、いっときの無事であったが……。

二

三月、信長は武田勝頼を攻めた。勝頼は信長が戦歿したと虚言を流布し、越中の一揆を煽動したので、小島六左衛門、唐人《からうど》式部などという連中が動いて、神保長住のこもる富山城を奪った。

北国衆とよばれていた柴田勝家以下、利家、佐久間盛政、佐々成政らは直ちに出陣、一揆らを追い払い、富山を奪回した。利家が七尾城主として、はじめての戦だった。

その間に、武田家は滅亡し、北国衆の相手は、越後の上杉勢だけになっていた。

北国衆も、このころほぼ領地が策定されている。

柴田勝家　越前北ノ庄（福井）城主。

佐久間盛政　加賀尾山（金沢）城主。

前田利家　能登七尾城主。

佐々成政　越中富山城主。

これが大まかな布陣で、もし何事もなければ、こうした諸藩ができていたかもわからない。

が、大事が起こる。

北国衆は上杉勢の拠点、魚津を攻めかかった。城将が越後へ告らせたので、上杉景勝が援軍を率いて、天神山まで出てきた。

佐々、佐久間らは、互いに、先陣を争い、口論にまでなった。それぞれ一癖も二癖もあるので、いい出したらなかなか退らない。

総帥柴田勝家がいった。

「又左どのがいるではないか。それなのに、せがれどもがなにを申すぞ」

二人の争いはやんだ。

たまたま、信濃口から織田方の森長可《ながよし》の軍勢が、越後口に迫った。景勝はあわてて軍を引き揚げた。

北国衆はその機を移さず、全軍で攻撃した。城将山本寺景長、中条景春らは奮闘したが及ばず、戦死した。

そのあいだにも、越後勢が海上から能登へ上陸し、背後から織田北国衆を討つ、という風説がしきりだった。

風説はしかも、根もないことではなかった。多くは畠山氏の遺臣で、それぞれ上杉家の後援で、能登を回復したいと願っている連中である。

そのなかに、温井景隆や長景連らがいた。

温井は長連竜の父兄一族を討ち、自らの手で畠山氏の七尾城を謙信に献上した男だし、景連また、連竜の一族ではあるが、敵対している者だった。

ときに連竜は、魚津包囲の利家麾下《きか》にいた。

「直ちに国に帰れ」

と利家は命じ、富田景政の一隊を添えた。七尾城代の利家弟、安勝とともに連竜を応援しようというのである。

「忝《かたじ》けのうございます。むしろ、かの者どもが現われるのは、望むところです」

と連竜が勇み立った。

いま一人の父兄の仇、遊佐続光、盛光父子は、先年、能奥櫛比村の狂言師、翁新五郎のもとにひそんでいるのをつきとめ、これを襲って首を刎《は》ねている。残る温井を討てば、大願成就というところだった。

果たして、越後から舟で上陸した一隊があった。長景連の一党で、かれは上杉景勝の許可も得ず、勝手に侵攻してきたものらしい。いっときも早く、能登の旧領を回復したかったのだろう。

景連は棚木城に拠り、旧家臣どもを集め、反抗を企てようとした。連竜はいち早く向かい、これを攻撃した。

景連は奮闘したが、あてにしていた旧臣は、すでにかれから去っていた。多少の者が奮戦したものの、連竜の勢いには勝てず、景連以下、主だった者はみな討ち取られた。

これが五月二十二日のことで、早速、利家は返報かたがた、賞めそやしている。

「悉《ことごと》く討捕り候事、大慶此時に候。誠に比類無き御仕合供、残る所無候」

というわけだが、捷報《しょうほう》はまた、安土の信長のもとへも知らされた。

連竜らがふたたび魚津に戻った六月三日、ちょうど魚津城が落ちた。北国衆はみな芽出たい芽出たい、と祝い合った。

そこへ、信長から連竜宛の感状が届いた。

「誠に粉骨比類無候。手柄により早々落着の事、感悦斜めならず候」

というもので、五月二十七日付だった。

かさねがさねの祝着に、陣中は沸きかえった。酒樽が抜かれ、上下祝い合っていると、またしても上方から急使が馳せてきた。

「上様、本能寺にて御生害《しょうがい》」

思いもよらぬ知らせである。

一軍、粛として声なく、驚愕はしばらく経って一同を襲った。

軍議が開かれた。

「直ちに上京し、明智を討つべし」

「上方の状況はいかがか。実情をいま少し詳しく調べる必要がある」

「上杉勢の動きはどうか。われらが去れば、たちまち動き出すのは必定」

「形勢観望ののち、中国の羽柴、関東の滝川、南海道の丹羽らと同勢して討つべきが至当」

「仰ぐは信雄《のぶかつ》どのか、信孝どのか」

いろいろな意見が出た。むろん、祝い酒はさめている。

それにしても、情報はあまり詳しくなかったし、それぞれがそれぞれの領国に不安を抱えていた。

越中の佐々は当面の上杉勢の動きが不安だったし、加賀の佐久間、越前の柴田にも一向一揆の残党やいつでもそれらと同心する国侍が不穏だった。

利家の能登でも、上杉方に通じている畠山氏の遺臣や、石動山《せきどうざん》という修験衆徒の向背が不安である。機会を待っていた温井景隆らは、たぶん喜んで帰国し、反攻してくるだろう……。

軍議の結果は、それぞれがひとまず、領国へ帰り、形勢を見極めるということだった。

利家は五日、船で魚津を発し、途中大風に遭い、いったん越中放生津《ほうしょうづ》に上がってから、山越えして七尾に戻った。

ほんの一瞬の転変である。一寸先は闇というのが武家の常だが、あまりに強い衝撃だった。

このとき、嫡子前田利長は、信長から、

「京見物に夫婦同道にて、上京せよ」

と招きを受けていたので、府中を立ち六月二日まず安土に寄ってから、京に向かっていた。

妻永は、妻とは名ばかりの十歳の少女だった。どちらかというと、かの女が中心の行装になっている。

きらびやかな輿に、織田家血統の美人顔の少女が乗り、十九歳の若殿が馬に乗って続いた。

ときおり、利長は馬を寄せ、なにか語り合う。そのたびに、少女は笑みを浮かべて、答えた。ほほえましい情景であり、きらきら輝く琵琶湖畔を、そうしてゆっくりゆっくり進んでいた。

勢多《せた》までできたとき、向こうから〝がんまく〟という信長の下僕が走ってきた。これは利長も見知っている男だった。

そのがんまくが、顔じゅう口にして、泣き喚《わめ》いた。

「上様、本能寺にて御生害」

上下、色を失った。いままでのほほえましく、きらびやかな行列が、一瞬に乱れた。早くも、その場から逃げ去る者も出た。これらは新参者だったが、新参者であってもなくても、変乱が起きれば、必ずあちらこちらで一揆が起き、野伏《のぶせ》り、山賊のたぐいが蜂起することをいやというほど知っている。

一見、平穏そうに見えても、世の中はまだまだ、静まってはいなかった。世はなお乱世なのである。

ことに、この行列は女物だった。供の者も、別段、戦支度はない。野伏り、山賊にとっては、恰好の獲物といわねばならない。

利長は輿を停めた。かれもまた、婦女子を交えた行装が、いかに危険であるかを知っていた。

「父利家の領分はもとより、越前府中までもかなりの道のりである。道中も危険だ。よって、尾張へ送りたい」

利長はこう考えた。尾張前田家の在所へ妻を預けるつもりだった。

それを聞いた六尺どもは、いやだ、といい出した。かれらは府中から出てきているが、府中に残した妻女がどうなっているかわからない、というわけだった。

利長は別に寛大というわけでなく、むしろ短気のほうだったが、かれらのいい分をもっともだと思った。ここで怒ってみたところで仕方がなかった。

「われらが妻女を思う心も、うぬらが府中に残した妻子を思う心も、同じである。早々に引き取るがよい」

といってやった。

六尺どもは、輿をほうり投げて、走り去った。あとには、譜代、といっても、僅かに父利家から引き継いだにすぎないが、それら七人ばかりが残った。

利長は少女妻を男装させ、大小まで差させた。それから馬に乗せ、恒川監物、奥村治右衛門らを供につけ、尾張へ向かわせた。

かれは残りの供を連れ、安土に急行した。

一同が案じた通り、美濃今須、関ヶ原あたりには、一揆、土賊のたぐいがもう出現していて、通り抜けるのが大変だった。

安土の前田家の屋敷へ入ったが、明智勢がそこへも押し寄せるというので、上下あげてとり乱していた。利長はまず、戦支度をすべく、一人に具足をもってこい、と命じたが、そいつはそのまま欠落《かけおち》してしまった。

二度、三度、命じたが、そのたびに欠落した。四度目に姉崎勘右衛門という者が、ようよう武具奉行の吉田数馬とともに、武具をもってきた。

利長は怒って、いった。

「さきほどから、使いをやっているのに、どうしたことだ」

数馬は答えた。

「使いは姉崎どのしか参りませぬ」

利長はいら立ちまぎれに武具を着けたが、それはうしろまえになっていた。

「御具足、うしろまえでござります」

数馬がいうと、利長は、

「なにを吐《ぬ》かす。その言葉、よく覚えておくぞ」

と叱った。

利長もだいぶあわてふためいていた。

武具は着けたけれども、従う者は僅か十人に充たなかった。一行は安土を出て、江《ごう》州《しゅう》日野の蒲生《がもう》氏郷《うじさと》を頼った。

氏郷の室《しつ》は、信長の長女冬である。つまり、利長にとって義兄になる。のち、その娘が利政に嫁すことになるが、そうでなくても親しい間柄だった。

氏郷はしかし、利長一行を迎えてもてなしてくれたものの、いま一つ、その心根がわからない。

うかがっていると、明智光秀からしい申し入れやら、安土からの知らせやらが、櫛の歯を挽くように入ってきている。それにいちいち氏郷は返答し、指示を与えているようだった。

なによりも、氏郷の明智に対する返答が気になるところだったが、かれは利長には内緒だった。それは当然のことで、明智に同心する気がなくても、返答それ自体、微妙ないい廻しになるだろう。そんないい廻しのはしばしを取り上げられて、いちいち心根を探られてはたまらない。

若い利長は、かれに内緒で返答していることで、すでに氏郷が明智の一味だと思ってしまった。

そこで、伊勢の松ヶ嶋の織田信雄を頼ることにした。とにかく、早急に起《た》って、明智を討つことしか考えていないのである。

日野を去るとき、氏郷の家来の一人にいい置いた。

「わしはだれであっても、明智を敵として戦う者と一味する」

一種の捨てぜりふみたいなものだが、氏郷は聞いて、

「まだ若い。しかし、意気は壮《さか》んだ」

と笑った。

松ヶ嶋では、信雄はただ悲嘆にくれているばかりだった。利長は力んでいった。

「弔い合戦をなさるべきです」

「いまそんなことができようか」

「できますとも。手前を日野に遣わされ、氏郷を先手に仰せつけなされよ」

「そうしよう」

と、ようやく信雄は力を得たような表情になった。

利長はふたたび、日野に向かった。僅か十人足らずの供を連れ、かれは東奔西走のありさまだった。

本能寺の変は、各地に恐慌をもたらした。堺にあった徳川家康は、野伏りの襲撃におびえながら、伊賀越えしてようやく三河に帰ったし、厩橋《うまやばし》にいた滝川一益は戦い、そして敗走していた。

ただ一人、この恐慌を大運に乗せた男がいる。羽柴《はしば》秀吉である。

ことの成否をどのように見極めていたか、わからない。が、かれは戦っていた当面の相手、毛利方と素早く講和を結ぶと、いったん姫路城に入り、中国路の諸将に働きかけ、働きかけながらもう京をめざしていた。

十二日、秀吉軍は摂津富田《せっつとんだ》に陣を布いたが、すでに三万の大軍になっている。対する明智勢は一万。あわてて京都郊外の勝竜寺に布陣した。安土に向かっていた同勢も、急いで勝竜寺に向かった。

利長が氏郷を先鋒に、信雄を立てて安土に向かったとき、もう明智勢の姿はなく、城には火が、炎々と燃えさかり、豪華絢爛を極めた天守閣も燃え落ちた。それはとりもなおさず、織田氏の終わりを告げるものだった。

利家は、伜利長の奔走を知らない。

七尾城に戻るのとほとんど同時に、たいそうのんきな利長からの消息が到着した。

信長の招きで、これより夫婦同道で、京へ上る、というものだった。

引き続き、勢多のあたりで変を聞き、妻は尾張へ、当人は安土に向かった、という知らせがきた。これは、府中へ逃げ帰った者からの情報だった。

「あいつ、死んだな」

利家はまつに、こうぽつりといった。

光秀の詳しい動きはわからないが、信長を殺せば、当然本拠安土を攻めるだろう。そんなところへ行っておれば、死ぬばかりだと思った。

そうでなくても、天下を無理じいに押さえていた重石《おもし》が除かれれば、一揆が諸方に群がり立つのは目に見えている。名もない土賊に討たれているかもしれない。

それに家来が心もとない。信のおける者どもは、ほとんど利家麾下に入っている。

「そうでしょうか」

まつが小首を傾げた。

「おまえさまは、一人合点で死んだものとお決めですが、そんなことはありますまい」

「なぜわかる」

「おまえさまのお子ですから」

「わしの子だからなおのこと、死んだと思う。わしだったら、逆賊相手に戦い、そして殿のお供をして泉下にあとを追うだろう」

「しかし、おまえさまはそれをなされぬ。城へ逃げ帰り、じっとしておいでだ。親がそうなら、伜もその通り、たぶん生き長らえることでしょう」

要するに、逆賊を討つために京へ攻め上りもしない夫利家をなじっているのである。淡々としているので、いっそう身にこたえる。

「女の知ったことではない」

利家としては、いつになく大声を出した。

「さようでございます。わたしはなにも存じませぬ。しかし」

「しかし、なんだ」

「藤吉郎どのなら、すぐにでも出立しているのではありますまいか」

利家は黙った。かれも内心、秀吉はどうしているか、というより、動き出すのではないかと思っている。

もっとも、利家は素早く、領内の形勢を知るため、四方に諜者を出してある。僅かでも兵を動かせるようなら、直ちに押し出すつもりだった。その旨、北ノ庄の柴田勝家のもとへ、いい送ってもある。

「うぬは黙っておればいいのだ」

利家はもう一度、いった。

諜者どもが馳せ戻ってきた。やはり、石動山の空気がもっとも不穏らしい。温井景隆や同族の三宅長盛が越後から使者を飛ばし、早々に軍勢を率いてやってくるという。石動山は法道仙《ほうとうせん》の開いた修験山で、天平寺をはじめ、寺坊六百、衆徒二千の勢いを誇った。当初天台系だったが、のち真言系となり、北陸七道から米銭を集纏《しゅうてん》した。ことに、佐渡、越後に勢力が強く、上杉謙信とも通じていて、その出陣に当たっては、戦勝を祈った。かの七尾城攻めのおりには、謙信はここに本営を置いている。越後へ逃れた温井、三宅らはだから、この山の僧徒たちを頼り、僧徒たちはまたかれらに頼って、新来の利家を放逐しようと企んでいるのである。

利家はすぐに、僧徒の主だった者三、四人を呼びつけていった。

「越後勢を引き入れて、わしに刃向かうそうだが、やってみるか」

僧徒たちは狼狽《ろうばい》して、しきりに風聞は虚伝だといい、誓紙を入れた。
「そんなものはなんの役にも立たないが、いっときの間は稼げるだろう」
利家は笑い、直ちに陣貝を吹かせた。
いっときとは、上方へ出陣の時間である。酒が出た。通例なら、勝栗、こんぶだが、
利家は干がれいを所望した。
「あいつ、こんなものを食っているのだ」
利家はまつにいい、薄いその干がれいを頭から嚙んだ。
あいつとは、秀吉のことである。干がれいはそして、瀬戸内で獲れたものを贈って
くれたものだった。
魚はむしろ、能登がよく獲れるだろう。秀吉はしかし、新しい版図《はんと》が拡がるたびに、
自慢げに土地の産物を贈ってくるのである。
出陣の急使は、柴田勝家と尾山の佐久間盛政のもとに出してある。かれらが同勢し
なければしないで、利家の麾下軍勢だけでも、攻め上るつもりだった。
まつは黙って見送った。利家はとくに見返ろうとはしなかった。
能登の国境いを越え、加賀の高松という在所へ入ったとき、佐久間盛政の使者が駈

けつけて伝えた。

「すでにこの十三日、羽柴どのが山崎山にて明智光秀を討滅したとのことでござる。お戻りなされて、領国を固めなされよ」

やはりそうか、と利家は思った。嚙みしめた干がれいの味がよみがえった。

〈秀吉のやつ、やったな〉

という思いである。

軍勢がやむなく馬首を廻らしたとき、暑熱の陽の下、砂埃りにまみれた数騎が近づいてきた。少女妻を交えた利長の一行だった。

利家の顔を見るなり、利長のやつれた頰に涙が流れた。

「なにもいうな。母者が待っている」

利家は憤ったようにいった。そのさまを、少女妻は無邪気に見つめていた。かの女は利家の軍勢を、もしかして迎えの者どもと思っていたかもわからない。

三

七尾城へ戻った利家のもとへ、秀吉から怨敵明智光秀を討ったという告らせがきた。

すでに知られている戦勝を簡単に述べたあと、末尾に、

「御懸念に及ぶまじく」

とあった。

仇を討ったから安心しろというのか、上方の変乱に構わず、領国の維持に努力せよ、というのか、よくわからない。

妻のまつは、一見するなり利家にいった。

「喜んでほしいのですよ」

「だろう」

利家も秀吉の心底がわかっている。他の者に対してはいざ知らず、利家にはずいぶん昂《たか》ぶる感情を押さえていることが、ありありとうかがえる。

並みの消息文のように、告らすべきことは告らせておく、といった筆調のなかに、得意満面の猿面《さるめん》冠者《かじゃ》の面影を見た。

「見ろ、字が躍っている」

その字も、あの男、ようやく近ごろになって覚えたものだった。

「まめなことだ」

利家は少し笑った。が、まつは遠くのほうを眺めるようにして、

「これで、新しい天下人が決まりましたね」

ぽつり、といった。

「なに」

たいそう唐突に聞こえた。利家は、

〈天下人〉という言葉を、なんども反芻してみた。あの面構えとその言葉が、どうしても結びつかないのだ。

「まさか」

「まさか、とおっしゃるのですか」

と、まつはかえって不思議そうに反問した。

「若さんたちがいるではないか」

嫡子信忠は信長ともども亡じたとはいえ、信雄、信孝がいる。

「若さんたちは、織田家を嗣《つ》ぐ方たちです」

しかし、天下人とはかぎらない、こうまつはいおうとしている。

たしかに、世継ぎの者がそのまま先代の権勢権力を継ぐとはかぎらない。利家が見知っているだけでも、宣下《せんげ》を受けた足利将軍や世継ぎ大名の流浪がいくらもあった。

要するに実力であり、まだそんな世の中なのだった。だいいち、それだからこそ、織田家は成り上がることができた。その子だからといって、同じように人は立ててくれるかどうか。

「若さんたちがだめでも、宿老たちがひかえている。柴田どのとか、丹羽どのとか」

「でも、それらの方々は、いったいなにをなされたというのでしょう。明智どのを討たれましたか」

「それはみな考えていたことだが、仕方がなかったのだ」

じっさい、みなそれぞれの戦線で、明智討ちを考えた。そして、戦えばたぶん明智勢を討つことができただろう。

が、北国勢はそれぞれ当面の敵をひかえていた。関東の滝川一益は、軽率に引き返そうとして追撃され、ぶざまな結果に終わっている。

「羽柴さまにも、敵はいたでしょう」

まつは秀吉のことを、羽柴さまと改まった言葉でいった。これまでは、藤吉郎どの、だった。

「それはそうだ」

「でも、羽柴さまだけがお手柄をお立てになりました。これは大きいことではありますまいか」

「たしかに手柄だ。しかし、それが天下さまにつながるとは思えない。だいいち、格が違う」

秀吉が下っ端でうろうろしていた当時を、利家はいやというほど知っている。そのころの柴田、丹羽などという武将は、遥かに高く大きい存在だった。羽柴さま、という姓そのものも、その柴田、丹羽にあやかったものではないか。

「格も変わることでしょうよ」

「そんな簡単なわけにはいくまい。宿老たちが黙っているはずがないだろう」

「いえ、黙らされてしまいますよ」

「そうかな」

「おまえさまは」

とまつは覗き込むようにした。

「羽柴さまと親しすぎますから、おわかりにならないのです」

「親しいからわかるのだ」

「いえ、おわかりになりませぬ。あるいは、北国住まいのために、お脳が鈍りなさったか……」

「そいつはひどいことになった」

利家は苦笑した。が、苦笑しながら、ふと思った。心の片隅で、

〈秀吉の手柄を過小に評価したがっているのではないか〉

と。

それはどうかすると、ねたみ、そねみに通ずるものではあるまいか。

〈そんなことはない〉

利家は自分で自分にいい聞かせながら、明確にねたみ、そねんでいる人物のいることに思い当たった。ほかならぬ、

〈柴田勝家〉

である。

「おい」

利家は語調を変えた。

「これはことだな」

「なんでしょう」

まつはむしろとぼけたように、小首を傾げた。

「藤吉郎と柴田どのの争いになる」

「そうですか」

と、まつは微笑んだ。ようやく気づいたか、といわぬばかりである。

そうなると、北国衆の幕僚として柴田勢についている利家の立場は、甚だ微妙なものになる。そうかといって、秀吉は文面ではとくに秘密盟約めいた依頼をしていない。

「あいつ、なにもいってはいない」

「いっておりますよ」

「どこに」

利家は改めて秀吉の躍るような下手くそな字を見つめた。

「御懸念に及ぶまい、と。つまり、こちらはこちら、そちらはそちらで、しかと領国を治めなさること、との意ではありませぬか」

「なるほど」

利家は呻《うな》った。

もし、まつの解釈通りなら、秀吉は勝家に対する政戦両策に、すっかり自信をもっていると思わねばならない。そして利家をすでに、北国の一領主としか眺めていないに違いない。

そんな意味をこめた、

〈御懸念なく〉

の一条だったのだろうか……。

日をおかず、同じ文句を含む書面が、北ノ庄の柴田勝家からもたらされた。
やがて織田家の後継者を誰にするか、遺領をどのように分配するか、についての会議がある、それぞれは領国に難題を抱えているのだから、出席するに及ばない、まずは治国に精出されよ。
そして、それぞれの領国安堵の問題など、自分が引き受けるから、
〈御懸念に及ぶまじく〉

というしだいだった。

それは、加賀の佐久間盛政、越中の佐々成政とも同文のはずだった。

いま、佐久間には手厳しく誅滅《ちゅうめつ》した一向徒残党の動きがあり、佐々には越後の上杉があり、利家には畠山の遺臣や石動山衆徒の蠢動《しゅんどう》がある。下手に国をあければ、たちまち騒動になるに違いない。

勝家は、宿老筆頭としての貫禄と、北国が平静に治まっているという実績を背景にして、会議に臨もうというのだろう。

〈御懸念に及ぶまじく〉

利家はそこのところを、二度二度、繰り返し読んだ。

どうも勝家もまた、秀吉に対し、政略であれ戦争であれ、自信をもっているらしい。

同時に、それは利家をかれの一味として信用していることにほかならない。

利家はしかし、対立が予想される二人から、考えれば意味深い書を受けとったことになる。

その会議は、俗に、

〈清洲会議〉

と呼ばれるものだが、結果がどうあれ、文面通り、あまり考えないことにした。じじつ足元にはや問題が起こりつつあった。

七尾の城下に、畠山時代からの商人で永見屋善徳という者がいた。奥能登一帯にも顔がきき、新しい領主の利家は、物資の買い付けばかりでなく、町民との交流にずいぶん重宝だった。

さりとて、永見屋は利家に対して忠実なのではなかった。

「手前は領主がどなたであれ、町がよくなればよいのです」

といい、利家にとり入って、いくらでも商いを拡げられるのに、自分はむかしからの海産物あつかいのみにとどまり、廻船、鋳物、塩など、それぞれの商人をもり立ててやっていた。

それはまた、新しい城下の建設をもくろむ利家の考えに合っていた。なにより、おもねることのない気性が好ましかった。

その永見屋が、夜中あわただしく、城門をたたいた。

「火急隠密のことと申しております」

と、小姓の篠原勘六がとりついだ。

永見屋は、色白で眼鼻立ちのくっきりした小坊主を連れていた。小坊主はいかにも聡明そうで、行儀よく利家の前にひかえた。

「これなるは、手前伜にて、性寂坊と申します。石動山へ入って修行中でございます」

石動山の僧と聞いただけで、もうおよその見当がついた。

「何事か出来《しゅったい》いたしたのか」

「そのようでございます。仔細は伜より申し上げます」

性寂坊は、まだ幼な顔の残る風貌を、しゃんと据え、

「きょうあすにも、越後勢が参ります。率いるは温井さま御兄弟でございます。山内の話では、総勢ほぼ三千と申しております」

「わかった」

利家はそのはきはきした口調を聞いてうなずいた。

「して、山内の空気はどうか」

「般若院快存、大宮坊立玄どのを中心に戦支度をしております。砦も、何個処《なんかしょ》にわたって造っております。そのため、われら清僧や百姓どもが使われています」

「清僧とは」

「それは」

と、親の善徳が傍から言葉をはさんだ。

「ご存じでもございましょうが、石動山は由緒ある修験山でございます。けれども、建武《けんむ》のころ、公家方に味方して、一山焼亡いたしました。のち回復いたしましたが、京仁和寺《にんなじ》に縁をいただく真言清僧の修行道場としてでございます。けれども、修験を専らにする悪僧どもが絶えませぬ。ことに、般若院、大宮坊などと申すは、いたずらに武威を好み、自ら三十人力、五十人力を豪語するやからでございます」

「なるほど」

利家には詳しく聞く余裕はないが、どうやら悪僧と清僧がいるらしいことに気づいた。これは、かつて焼き打ちした比叡山でもそうで、仏道修行の僧もおれば、悪党というよりほかない連中もいた。

「どこでも同じことだな。が、おまえら清僧の者どもは、戦などに巻き込まれては気の毒だ。なんとか、下山させたい」

「御無理でございます。みな軍勢に組み込まれ、身動きできませぬ。手前だけがようやく、悪僧どもの眼をかすめ、こうやって下山できたのでございます」

「では、なにか区分けできぬか」

「助けて下さるお約束をいただければ、手向かいさせずに一個処に集めます」

「だれがそれを伝えるのだ」

性寂坊は燭の灯《あか》りのなかで、にっこり笑った。

「だれと申しまして、手前よりほかにございませぬ」

「おまえ、山に戻るのか」

「手前一人、助かる気で下山してきたのではございませぬ」

「永見屋」

利家は善徳のほうを向いた。

「伜を山に戻すつもりか」

「やむを得ませぬ」

「死ぬるかもしれんぞ」

たしかに、戦のためでなくても、悪僧どもに責め殺されるおそれがある。

「でもありましょうが、伜のやつ、一山のことを考えております。一命ではなく、一山のこととあれば、手前、どうしようもございませぬ」

「おまえ、その覚悟か」

「はい」

性寂坊は恰好のよい坊主頭を、こっくりさせた。

「できるだけ多くの僧にいい含め、少しでも多くの僧を救いとうございます」

「見上げた心だ」

「なお、念のために申し上げます」

「なんだ」

「これはご領主さまへの忠義立てではございませぬ。どちらが勝とうと、手前には関係ありませぬ。なんとか法灯を伝えたいからでございます」

「なるほど。では、わしもおまえの注進を忠義とは思うまい。しかし、その心を汲もう。そして、そのつもりで攻めるとしよう。それでよいか」

「はい」

性寂坊はにっこり笑った。

四

利家は夜の明けぬうちに、金沢の佐久間盛政宛てに、石動山の緊急を伝え、応援を申し入れておいた。

用心深さということだけではなかった。かねて、北国衆のそれぞれの難題に対しては、助け合うよう申し合わせがある。

加賀に一向一揆が蜂起すれば、能登、越中から援勢が行き、越中へ越後勢が侵入すれば、加賀、能登から応援を送る。

じつは、助け合うというより、一国内のことでも、一国で始末せず、協同で処理しようというものだった。それが北国衆を統《ひき》いる勝家の考えで、おぼろげながら一種の合衆国を目論んでいたといっていい。

ことに、こんどの問題は、利家領内の一修験山ではない。越後からやってくる連合軍が相手である。必要あるなしにかかわらず、知らせておかねばならない性質のものだった。

むろん、麾下一同には出陣の触れを出してある。そうしておいて、利家は早朝、馬を駆って宝円寺に向かった。

越前府中で、禅僧岩恕のとりなしで帰依するようになった大透圭徐のために、府中のときと同名の寺院を建てた。七尾城構築よりも早い建築である。利家の両親の位牌もここに安置されている。

一帯は城の裏山にあたり、寺々が並んでいる。ただし、それらは一向寺院以外の寺地だった。一向寺院は町なかにある。いつ反抗しないともかぎらないかれらへの用心である。

大透は寺内を竹箒《たけぼうき》で掃いていたが、馬から下り立った利家を少しまぶしそうに見やった。砂に印された箒目がすがすがしい。

「一つ二つ、お訊ねしたい」

利家はいきなり、いった。

大透は竹箒を抱きかかえるようにして小首を傾げた。なにげない所作だが、にわかに森厳《しんげん》の気がただよう思いがした。

「いまさら、なにをお訊ねか」

「そも、仏罰というものはござるか」

大透は笑った。そして反問した。

「故右府《うふ》さまの横死なされたこと、叡山焼き打ちのむくいだとお思いですかな」

「いいや」

利家は頭を振った。それは、国家鎮護の法力をかさに、暴逆を尽くした悪党どもを討ったにすぎないと思っている。

「それなら、仏罰はないのです」

「しかし、世上では仏罰だと申しています」

「では、あるのでしょう」

改めて訊く必要はなかった。要するに、それぞれの心しだいだということらしい。

「私は仏罰などないと思う。しかし、世上にいわれる仏罰に値することを、やろうと考えています」

「石動山攻めですかな」

「そうです」

「それはそれは」

大透は無感情に、こういった。

「寺を焼き、仏を焼き、僧を焼き殺すかもしれません」

「でしょうな、戦ですから」

「恨みましょうな。かりに、この宝円寺、建てたばかりですが、焼かれれば、師僧は恨みますか」

「手前でしたら、別段恨みませぬ。かの快川《かいせん》和尚の、火もまた涼し、という心境にはほど遠いかもしれませんが、本来無一物だということぐらい、存じています。だいいち、あなたがまた、建てて下さる」

と笑った。

「それはそうです。もっとも、御坊は、焼かれるようなことはしない」

利家も笑いながらいうと、すぐに大透はいった。

「いえ、ときどき焼くことがいいのですよ。世の中には、こけおどしの建物やくそにもならぬ名声のみにすがっている方々がいます。なにも石動山僧徒を申しているのではありませんよ。手前どももやがてそうなるのです。宗派など、関係ありません。なぜかなら、みな人間という面白い生きものだからです。そこで、戦乱であれ、付け火であれ、雷火であれ、ときどき焼いて天誅《てんちゆう》を下さねばなりません」

「そうです。しかし、僧だけとは限りません。巨大な城がなくてはかなわぬ大名、のれんにすがる商人、刀槍だけに頼る武士などがおりますな。それらの方々も、ときに天誅を加えられねばなりません」

「これは手厳しい。私も大名の一人です」

「しかし、城がなくても、のれんがなくても、刀槍がなくても、大名は大名、商人は商人、武士は武士でしょう。ものを捨て、身一つになってみることが必要なのです」

「なるほど。では、私も身一つになる覚悟で、当たりましょう」

利家はうなずいた。

かれは故信長のもとで、叡山を焼き、一向宗徒を討つなどしてきた。当時はなにも思わなかったが、いったん領主になると領内の信仰の対象を討つことがいかに難しいことであるか、と考えついている。

ことには、悪僧どもの巣とばかり思っていた石動山にも、性寂坊のような清僧の修行者がいるとすれば、無下《むげ》にもできない。そのための心の整理だった。

「ところで、石動山のことですが」

と大透はいった。

「現状はどうあれ、古いむかしからこの地方の文物の中心になってきたところなのでしょう。経文を教え、医薬を伝え、人々の悩みを救った時代があったのです。そのような山であったことを、心のどこかに置いていて下さい」

文化、というものを指している。かつて栄え、この地方文化の中心であった一山であったことを銘記しておいてくれと、このまったく別宗派の男がいうのである。

「心得ております」

利家は答えた。一応焼き払い、そしてまた建てる、そんな世の中の輪廻《りんね》になるかもしれない、と思った。

六月二十三日の未明、温井景隆、三宅長盛兄弟は、越後勢三千を率い、越中妻良《めら》の浦に上陸、そのまま石動山に入った。僧徒二千と合して、五千の大軍である。

かれらは、石動山の西一里にある荒山に砦を築いた。旧畠山氏の堡塁《ほうるい》の跡だった。

佐久間盛政は利家からの急報によって、兵二千五百を出してきた。石動山へ五里、荒山へ三里の高畠というところに布陣したのが、二十五日である。

その夜半、利家も七尾を出発した。勢およそ二千六百。こちらは石動山と荒山の中間、柴峠に陣取った。

〝偸組《ぬすみ》〟と称している前田家の伊賀者から、敵勢が移動中だと告らせてきた。佐久間勢に備えて、荒山の砦へ移ろうとしていたらしい。

利家は直ちに兵を進め、どっとおめいて掛かった。

かれらはあわてふためき、一隊は石動山へ、一隊は荒山へと馳せ上った。荒山へはちょうど、佐久間勢が攻め上ってきたところだった。たちまち、戦闘になった。

銃丸がしきりに撃ち込まれた。かなりの死傷者が出た。それらを乗り越え、寄手《よせて》は進んだ。

敵も頑強に防いだ。なかでも、かの般若院快存は、大長刀を水車に廻し、小躍りして駈け廻り、左右を払い、前後を薙《な》いで働いた。

『荒山合戦記』によると、

「大剛の悪僧にて、度々の合戦に名を顕したる者なれば、其頃の俗異名をつけて、今弁慶とぞ申しける。まことに諸人に優れ、色黒く、長は六尺三寸、骨太く、頰車荒れて、力も強かりけるが、指物には鍬《くわ》、鎌、熊手、鋸《のこぎり》、槌、鉈《なた》、鳶口《とびくち》の七つ道具取付け、武具もまた、上より下まで真黒に出立《いでた》ちければ、牛も驚くほどなる」

というくらいだった。

盛政は鉄砲衆に、鉄砲の一斉射撃を命じたので、やがて剛強の悪僧も倒れてしまった。この者の首をあげたのは、桜井勘介という者だったが、かれはまた快存の弟子、荒中将に討たれた。荒中将もまた、矢に射倒された。

勢いに乗った寄手は攻め込み、そこで温井、三宅兄弟はじめ、主なる者はことごとく討死した。

いっぽう、利家は石動山を攻め上っていた。先陣の高畠石見は大行院の東谷から、利家は大手仁王門から進んだ。

おりから、朝霧がたちこめるなか、北陸の霊場、天平寺の大伽藍では、さかんに護摩を焚《た》き、敵調伏《ちょうぶく》の祈願をしているところだった。

篠原勘六はじめ、利家の近臣がまっ先駆けて進んだ。こちらにも成就院小相模、法《ほう》幢《とう》坊中記などという剛士がいたが、つぎつぎ倒れた。

その間に、〝僉組〟の連中は堂宇に火を放った。一山に火焔があがり、僧徒らは右往左往しはじめた。

利家は手をゆるめない。進めや進めやと声を励まし、燃えさかる火煙の下で、斬獲した首級は一千余というものすごさだった。

一段落したとき、利家は性寂坊を探させた。自らも、大声を出して呼んだ。

「あそこに、しおらしい一団がおります」

勘六が馳せつけて告らせた。

杉木立ちのなか、武具をつけず、法衣のままたたずむ数十人がいた。

「そのなかに、性寂坊はいないか」

利家が声をかけると、一人がいった。

「殺されましてござります」

「だれにだ」

「悪僧どもの仕置きでございました。われらに、手向かいせぬよう説いて廻っておりましたゆえ」

いいながら、そいつは涙を流した。

「やはりそうか。して、おまえらは手向かいせずにいたのだな」

「はい」

「では、許す。山を下りるがいい」

「山を下りるのですか」

「そうだ」

「しかし」

「なんだ」

「われら、当山権現の御霊を奉じております。いかがいたしましょう」

石動山の鎮守、伊須留伎《いするぎ》の神だった。こればかりは領主の命でも、動かし得まいというつもりらしい。

「構わぬ。地主の神であっても、いったんは去れ」

思いがけない利家の大声だった。かれとしては、地主神に対している覚悟である。

「おまえらは、いわば性寂坊の死によって、一命を長らえたのではないか。地主神より性寂坊の霊を捧げたらどうだ」

少し、怒っていた。しおらしいと見えたかれらも、権現の霊を奉持していることで、どこか強硬になる姿が気に入らなかったのだ。

勢いに押されて、かれらはあわてて山を下りかけた。

そこへ、長連竜が駈けて行って、年老いた僧になにかささやいた。

「なにを申した」

利家が連竜に訊ねた。

「山伝いに伊影山へ移せ、と申したのです。かれらも、むなしく下山はできますまいから」

利家は黙ってうなずいた。かれもむろん、この御霊を長く放置しようとは考えていない。

〈一度焼き、そしてまた建てる〉

そんな輪廻を、自らも含めて、火煙の中で考えていたのだった。

和戦の使者

一

石動山を滅亡させたいわゆる、〈荒山合戦〉は、僅か二日で終わった。

利家は一山まだ、焼け落ちずにくすぶるなか、斬獲した越後兵や悪僧どもの首一千余級を、山門の左右にさらした。むごいが、それが見せしめというものだった。ことに、北陸七道を〝かすみ〟（縄張）として、畏怖を与えつつ、米銭を集めるほどの勢力をもっていた石動山に対し、さらにその上の勢力のあることを顕示しておく必要がある。

いっぽうで、陣列を立て直し、あたかもこれから戦に臨む威勢を示した。その前を、許された山内の老弱が怖るおそる下って行った。

かれらには、石動山天平寺の五社権現は山伝いの伊影山に遷座せしめたから、行くもよし、俗に戻るもよし、といっておいた。もっとも、寺領は没収のつもりだから多くは俗に戻らざるを得ないだろう。

このときまだ、いつ石動山を復興するかどうか考えていない。とにかくいまは、長年の悪弊を絶つことだった。悪弊が存するからこそ、越後兵などの侵入があるのだから。

利家はしかし、かれら僧徒たちに見せつけるために、陣列を引き締めているのではなかった。

「危ないことでございました」

と、こんどの戦いで、もっとも功績のあった長連竜が、ひそかに告げていた。

「もしいっとき、われらの攻撃が遅れておりましたなら、佐久間どのは、横合いよりわれらを討つべき異心が見えました。幸い、殿が旗印を早やばやと進ませられて、ことなきを得ましたが」

佐久間盛政が抱いた一瞬の誘惑だった。たしかに、石動山の大軍に向かった利家勢は、緒戦、はかばかしくなかったし、兵力も少なかった。

それは、単に山上に待ち受ける敵と、下から攻め上がる者の地形上の利、不利の差にすぎなかったが、すでに荒山砦を抜いた佐久間勢は、石動山を攻めると見せかけ、利家勢に横槍を入れることが可能だっただろう。

『利家夜話』には、このときのことを、つぎのように述懐している。

「太閤様へ、大納言様（利家）ご息女、今備前中納言殿（宇喜多秀家）に御座候を、御幼少より御養子にて御座候故、殊に利家様能登の国御主なれば、柴田殿へ御したがい候とも、甥の佐久間玄蕃（盛政）殊のほか、大納言様を疑い申し候由」

利家が秀吉と仲がいいので、盛政は利家を疑っていた、というのである。

盛政にはしかも、加賀の一向一揆を攻め滅ぼしたとき、いったん和を結び、その席上で不意打ちして皆殺しにした前科がある。

利家はしかし笑った。盛政は勇猛で、とくに治政にすぐれているとはいえないが、同僚を討って、能登をも併せ得ようという魂胆があるとは思えない。

だいいち、利家の急報によって、いち早く援兵を出してくれたではないか……。

けれども、用心するにこしたことはなかった。隙を見せれば、たちまち豹変するかもしれない世の中なのだった。

そんな用心をこめた陣容のなかで、利家は駈けつけてくれた盛政に謝した。

盛政はともに得た勝利を祝いながら、

「これはりりしい陣立てでござるな」

といった。

「ほんのご挨拶、いや、礼儀と申そうか」

利家がこう答えると、盛政は笑いを含み、なんどもなんどもうなずいて見せた。

利家の用心を察していたのだろう。むろん、盛政の率いる軍勢もまた、締まっていた。

いずれも、勝利のあとのゆるみはなかった。協力して戦いながらも、隙を見せぬ武士気質であり、むしろ心地よい緊迫というべきものだった。

盛政勢は静かに引き揚げて行った。利家はなお一日、山内を見廻り、七尾城へ帰ったのが翌六月二十七日である。

この日、尾張清洲城では、いわゆる、

〈清洲会議〉が行なわれていた。

これは信長亡後の処分を議するもので、参会する者は、織田家の宿将、柴田勝家、羽柴秀吉、丹羽長秀、池田恒興《つねおき》の四人である。

そこで決まったことは、まず信長の継嗣だった。二、三男の信雄、信孝をさしおいて、故信忠の遺児、ときに三歳になる三法師である。

いい出したのは秀吉だが、いわれてみるとなるほど、信長の嫡孫であり、なんの異議の挟みようがなかった。

じつは、それが正論というより、怨敵光秀を討ったという実績がものをいっているにほかならず、あとの信長遺領の分配もまた、その秀吉の発言力によって左右されるのも、自然の成り行きだった。

およそはつぎの通りである。

三法師　近江坂田郡二万五千石をもって台所料とし、堀秀政が蔵入りを司る。

信雄　従来の北伊賀のほか、尾張を加える。

信孝　美濃。

柴田勝家　従来の越前のほか、秀吉の本領近江長浜六万石を加える。
羽柴秀吉　従来の播磨《はりま》のほか、山城《やましろ》、河内に丹波を加える。本領長浜は勝家に譲る。
丹羽長秀　従来の若狭のほか、近江高島・滋賀二郡を加え、本領佐和山は堀秀政に譲る。
池田恒興　従来の摂津の池田・有岡のほか、大坂、尼ヶ崎、兵庫を加える。
堀秀政　佐和山二十万石を領する。
このほか、蜂屋頼隆、高山重友らはそれぞれ加増されたが、結果として、戦功を樹てた秀吉を中心とする諸将が光秀遺領を分配したばかりか、信長、信忠の直轄領を、信雄、信孝、秀吉の三人によって分配したことになる。
反して、山崎の一戦に参加しなかった諸将は、ほとんど得るところがなかった。森長可、毛利秀頼のように所領を失って、本領のみに縮小された者もあり、ことに、つい先日まで宿将の一人であった滝川一益は、武蔵の敗戦によって、上野《こうずけ》および信州二郡を失い、僅かに旧領伊勢長島を保持したにすぎない。
一益はしかも、清洲会議で諸将に与える〝所領宛行状《あてがい》〟に連署する列からも除かれてしまった。つまり、宿老の地位を失ったわけで、勝敗がもたらす冷酷な結果である。

すでに、政局は動いていた。このさい政局は戦局といいかえてもいいが、ある明確な落差をはらんで、移行していたのである。

利家らは、単に本領安堵ということでさして変動はなかった。むろんまだ、結果は届いていない。ただ、石動山の勝利を手に、粛々と帰城の途にあった。

「怖ろしい方だと申しております」

と、まつがいった。

「だれが」

「城下の人たちです」

山門に千余の首級をかけたことや、壮麗を誇った石動山の伽藍を焼き尽くしたことを指しているのだろう。

「それでよい。そのつもりで攻めたのだから」

と、利家はむしろ我が意を得たようにうなずいていった。

「故右府さまに倣《なら》ったのだ。天魔波旬《てんまはじゅん》の徒は、討ち尽くさねばならない」

叡山焼き打ちを見習ったという意味である。

『荒山合戦記』にはこうある。

「なぜに石動山の大衆は、一揆を企つるやと尋ぬるに、織田信長在世の時、佞僧売子《ねいそうばいす》の諸出家らが蛛網の術を巧みにして、武運長久は刀刃段々壊《とうじんだんだんえ》の功力にあり、かつ後生善所の望みあり。天下の治乱は振鈴の響きに応ず。合戦の勝負は、錫杖《しゃくじょう》の靡《なびき》に従う。安鎮国家の法力、いかでか貴《とうと》まざらんやと擅越《だんおつ》をたぶらかす」

そこで、

「愚魯《ぐろ》短才の守護国司は、己が武勇を脇になし、出家の祈禱、数珠の音に合戦の雌雄をかけ、大荘・大郡を寄進して、味方の助けとするゆえに、僧も社人もわが法式を執り失い、明けても暮れても弓箭《きゅうせん》をもっぱらにたしなみ、兵術をむねとして、常に合戦を心とせり」

こんなふらちな出家は、害あって益のないものだから、信長によって所領を減らされたのだが、一揆などを企て、かえって寺ことごとく焼亡したのは、浅ましいかぎりだ、といっている。

利家もたぶん、このような思いだっただろう。

「で、なにか、天罰でも下るとでもいっているのか」

「おまえさまが、信じておやりになったことです。私がなにも口を入れることではありませぬ」

「それはそうだろう。だいいち、近郷近在はもとより、越後、佐渡の〝かすみ〟の連中も石動山坊主の横暴を憎んでいたはずだ」

石動山衆徒が、〝かすみ〟のうちを、米銭の集纏に廻るとき、村々の入口で、

「せきどうざあん！」

と喚き、錫杖を突き立てるが、みなその声におののいたそうだ。

衆徒そのものが、みな山岳修験で鍛えられているうえ、生殺与奪の呪験力を備えていると信ぜられているからだった。

「でも、不思議なものですね、世の中とは」

「どうした」

「憎むべき怖ろしいものでも、消滅してしまうとなにがなし、懐かしくなるものらしゅうございます」

「石動山坊主がか。まさか」

「では、右府さまはいかがでございます。右府さま在世中は、世の中の人は〝魔王〟とやら申していたではありませんか。私どもは身近ゆえ、さほどには思いませなんだ

が」

利家は黙った。たしかに、信長は〝魔王〟だった。まつは身近にいてよくわからないといっているが、じつは身近にいてもいなくても、その〝魔王〟ぶりは激しかった。利家自身、勘気を蒙ったことがあるし、だれもかれも一度や二度、恨みに思ったことがあるはずだ。げんに恨みを行動にあらわした明智光秀もいる。

ただ一人、叱られても小突かれても、平然と勤めた男がいた。そいつはいま、得意の絶頂に登ろうとしているが……。

そしてその〝魔王〟は、なるほどたいそう懐かしい。しかし、と利家は思った。

「故右府さまと石動山坊主は違う」

「それは違いますとも。でも、感懐を抱くほうは変わりありますまいよ。こんなことを聞きました。もう来年から、石動山の護符はいただけないのか、お薬はもらえないのか、と。怖れながらも、暮らしのかてにしていたのですね」

「なるほど」

「ですから、お討ちになる前とあとではいささかお考えを改めませんと」

「どうなる」

「こんどは、おまえさまが憎まれます」

「しばらく、憎まれたほうがいい」

「そうですか」

まつは微笑んだ。その覚悟なら、それはそれで仕方がない、という風情だった。

利家はしかし、こういったどちらかといえば、精神的なもの、それは直ちに治政そのことにかかわるが、すでに心を配ってあった。

数日経って、剣士富田景政が戻ってきた。かれは合戦ちゅう、城の留守居のはずだったが、能奥から越中にまで足を踏み入れ、人心の動向を眺めてきた。かれの赴き得ないところには、あらかじめ人を遣って、見聞きさせてある。

一種の隠密だが、常に冷静で、判断力の正しい景政は、まさに適任だった。

「宮々、寺々は、みな身をすくめておりました。こんどはおのれの身ではあるまいかと」

景政はまずこういった。それから、村々の動向について述べた。

「在所にひそむ越後方の残党、越後方に気脈を通じている者どもの多くは、進んで石動山へこもることなく、在所に居残る者が多うございました。敗亡の報が伝わりますと、みな越後方との関わりを絶った如く、みな静まり返っております」

利家は上機嫌で聞いた。もし、利家に威望がなかったとしたら、越後勢が石動山へこもったと聞けば、領内の越後系の者は、いちどきに奮《ふる》い立ったことだろう。敗けたと知って、口を拭い、静まり返ったという模様も面白い。人間はもともと、日和見《ひよりみ》者なのだ。

「いま一つ、家族から石動山へ僧徒に出している者が、思いのほか多うございました。口《くち》べらしや、教学を身につけるためなど、理由はいろいろでありましょうが、一村におよそ三、四家はありましたろう」

「それほどのものか」

利家は愕《おどろ》いた。

考えてみれば、山内の多くの僧徒たちは、なにも木の股から生まれたわけではない。当然ながら、それぞれに親兄弟があり家族をもっている。それらの家族が、利家の領内の村々に散在するというのだ。

「で、かれらはどのようであったか」

「みな、山内の族縁の身を案じておりました。それは当然として、しかしながら、領主に刃向かうことの非を慨《なげ》いていました。妙ですが、じじつです」

いわば、悪いことをした子を案ずる、といった風情である。もしかしたら、一向宗の習俗のうえに立った密教修行といってもいいのではあるまいか。

景政の報告は、あらましそのようなものだった。そこで利家はいった。

「もはやだれも責めまい。良き者を褒賞するだけにしよう」

それはまた、まつのひそやかな意見にも応えることになるだろう。

利家は寺社に寄進をはじめた。

羽咋郡の菅原天神、竜谷妙成寺、一ノ宮気多神社、鹿島郡海門寺、鳳至《ふげし》郡宝泉寺など。

菅原天神は、能登入国にさきだち、奉行していたことがある。菅原道真が祖と伝える前田家は、能登で最初に印した地名が菅原であったことに、ある奇瑞を感じていた。

妙成寺は日蓮宗の名刹《めいさつ》である。のち三代利常の代になって、七堂伽藍が整備、寄進されている。

一ノ宮気多神社は、北陸でもっとも社格が高い。それに、げんに利家が居城としている俗称小丸山は、古来気多本宮とよばれている社《やしろ》の神地だった。築城にさいし、その本宮に別に神地を与えて移らせたという因縁がある。

これらの寺社への重なる寄進は、利家に盾つかぬものは称揚する、という見本だった。

かれはまた、領内の在所在所の百姓、町人らをも褒賞した。

それらは、村の年寄として、利家の命に従い、領治に励んだ者、命に応じ、材木、魚、鋳物を醵出《きょしゅつ》した者などで、係累にたとえ越後方や石動山入山の者があっても構わなかった。いずれも、十俵から三十俵ばかりの扶持《ふち》を与えたが、家来として奉公に出た上島弥五郎という者の家には、百五十俵与えている。

むろん、山内の動向をいち早く報告し、死をもって一揆を防ごうとした性寂坊の実家、永見屋善徳には、宅地、田畑を与えたほか、家柄商人としての格をもって遇した。性寂坊の墓を小島の妙観院に建て、手厚く葬らせたが、利家は怜悧《れいり》そうなあの小坊主頭が、永く忘れられなかった。

こうした百姓、町人の称揚は、逃散《ちょうさん》した百姓たちを帰村させ、町家をふたたび活発にさせることに役立った。それが恩威ならび行なうということだった。

ただし、石動山そのものは、なおしばらく見捨てておくことにした。つまり、石動山系以外の寺社に寄進することによって、さらに反省を迫り、一方で神仏そのものの尊崇を顕示しようというわけだった。

なかで面白いのは、山城の男山八幡宮の別当、宝幢坊に七十俵の寄進をしていることである。

かつて、大坂石山本願寺を攻めるため、織田軍勢が八幡下を行軍して行くのを宝幢坊はひそかに眺めていた。すると、武者一騎が走り出て、山の中腹に向かって拝礼した。

宝幢坊は感心し、しかしこの信仰厚い男を満足させようと思い、多少のいたずら心で、

「われは八幡の神なり。このたびの一戦なんじ必ず高名せん。そのうえは、宝幢坊に寄進いたすべし」

と叫んだ。

かれは不思議そうにあたりを眺め、再拝して駈け去った。それが利家で、果たして、〈槍の又左衛門〉

という高名を上げた。そんな話にまつわる礼だった。

もともと寺社は一種の城であり、砦であると考えられた。構築物や地の利ということばかりでなく、領民の信仰対象であり、精神的支配者でもある。

また、百姓、町人の直接の称揚は、他の者の刺激になった。総じてこれらは領国支配の大事な要素だった。

別な意味によれば、秀吉からの手紙の一条に、

〈御懸念に及ぶまじく候〉

という趣旨にのっとり、ひたすら領国治政に精を出していたことになる。

が、上方では、しだいに対立のかたちが、明らかになってきていた。そして、行動は常に秀吉が一歩、先を越し、それによって周辺が動く、という経過を辿《たど》った。

秀吉は清洲会議の翌日、早くも長浜に向かい、城地引き渡しの手筈《てはず》を整えた。そこへは、柴田勝家の養子勝豊が入ることになっていた。

勝豊は元来、あまり養父勝家によい思いをもっていない。勝家が甥の佐久間盛政の武勇を愛し、ついなおざりにされるからだった。

かれは盛政が加賀一国を与えられているのに、丸岡城（越前）にとどめられている

のも気に入らなかった。秀吉はすでに、そのあたりの気配を察しており、長浜移封を援助した。そこは勝家を離れ、秀吉に近づく位置だったが、心持ちそのものもそうなりつつあった。

秀吉はまた、早くも新領山城・丹波に浅野長政を派遣して領内の経営に当たらせ、細川父子に誓書を与えて、所領を安堵し、筒井《つつい》順慶《じゅんけい》からは養子定次を人質にとり、両者を輩下に加えた。

その間、山崎で築城をはじめたし、京都の奉行に浅野長政、杉原家次を当たらせるなど、新領土の経営、系列の拡大、地元の治政の安定などに、席のあたたまる余裕もなかった。

こんなさい、功のない者ほど、不平不満をつのらせるのは、人情の自然だった。滝川一益が恨み言をいって、秀吉にぴしゃりと蹴られたり、信雄、信孝兄弟が、新領土の尾張、美濃の境界について争いはじめたりしていた。

最長老、勝家は苦虫を嚙みつぶした思いで、当初は冷ややかに眺めていた。ものをいい出し得ないのは、ひとえにかれが光秀を討たなかったという一事であり、その一事が見るまに地位を転倒させていっている。

暗闘がはじまっていた。たとえば九月十二日に、秀吉は信長の子であって、かれの養子になっている幼少の秀勝を喪主として、大徳寺で信長の百箇日忌を催したが、事前に耳にした勝家は、その前日、信長の室を喪主として、妙心寺で同じく百箇日忌を行なっている、というあんばいである。

十月六日、勝家は秀吉の麾下になっている堀秀政のもとへ、五箇条の難詰状を突きつけた。

一、自分は秀吉との協約に違反していない。

二、しかるに諸方に不平が起きたのは清洲の誓約が実行されず、政治が私されているからだ。

三、自分は長浜以外、一粒一銭たりとも私していない（秀吉が細川・筒井・中川・高山を輩下に従えたことを暗に非難している）。

四、三法師を安土に移されないのは、自分が反対しているためではない。

五、北条氏政《ほうじょううじまさ》と対している徳川家康に援兵を送り、ともに北条氏を討つべきだ。しかるに秀吉は、織田分国中にありながら、山崎に築城をすすめるのは解《げ》せぬことだ。

というものだった。

いよいよ、対立が表立ってきた。それらは、信雄・秀吉・長秀（丹羽）・恒興（池田）に対する信孝・勝家・一益（滝川）という図式だった。

二

十月十五日、秀吉は大徳寺で信長の葬儀を挙行した。棺前には池田輝政、棺後には秀勝が従い、位牌は信長の八男長丸（信吉）が持ち、秀吉はそのうしろに、太刀をもって従った。

このとき、丹羽長秀は春山お虎を名代として上洛させたし、細川藤孝《ふじたか》は自ら上洛し、筒井父子は警固の兵を出した。しかし、信雄、信孝、勝家らは、自身はもとより、名代も参会していない。参会できなかったのではなく、させなかったというべきなのだろう。

『川角《かわずみ》太閤記』によればこうである。

勝家は三法師を上洛させ、信長の葬儀を行なうよう、廻状をもって触れたが、秀吉はこれに対し、

「葬儀は新寺に営み、また右府公の木像を刻んでから行なうべし」

と申し入れ、勝家の賛成を得た。しかし、その間に武備を固め、勝家らが上洛しようというのに、大兵を率いて構えており、勝家らがあわてて退京した。葬儀はそして、その隙に行なわれたという。

真偽は不詳だが、秀吉は勝家らが参会できないよう企んだのは事実である。なにせ、俗にいう通り、

〈後継者が葬儀を出す〉

というしだいだからだった。

さきの難詰五箇条の返答は、葬儀の翌十八日、秀吉から信孝の家臣、斎藤利堯、岡本良勝に与えられた。これは、信孝が秀吉と勝家を和解させようと、多少奔走したので、それに応える体裁をとったのである。

けれども、秀吉の返答はそっけなかった。勝家の申し分は、問題にならぬことを問題にしているのであり、返答に及ばぬものとし、むしろ中国以来の功績を自賛し、信長の仇敵を報じたのは、秀吉の覚悟によると強調した。

どこにも妥協的態度はなかった。明らかに、勝家との一戦を目したものだった。

この月二十五日、勝家の使者が七尾城にやってきた。

「いろいろご存じでもござろうが」

と使者は利家にいった。利家はしかしあまり知らない。

ごく表立った報告だけは受けていた。後継者の問題、遺領の配分、葬儀が行なわれたことなど。

ただし、秀吉がたいそう繁忙に東奔西走していることだけは聞いている。それだけ聞けば、かれがどのような思いで動いているか、およその見当がつく。そしてまた、見当をつけることしか、北国の辺地ではできなかった。

「なんのことでござるか」

「羽柴どのと北ノ庄御館とのこと」

使者が一と膝、乗り出した。これまでの経緯を語ろうとしたのだろう。

「ようござる」

と利家は制していった。

「お使者はお使者らしく振る舞いなされ。ご存じでもあろうと申されて、われらいかが返答すべきか」

ほんの少しだが、厳しい語調になっていた。いずれのひいきということでなく、あいまいな申し分によって、当方の態度を勝手に斟酌《しんしゃく》されてはかなわない。使者の頭にはしかし、秀吉・勝家の対立というより、秀吉の擡頭、勝家の失墜という対比の無念さばかりあって、ついつい口が滑ったのだろう。渦中にある人の責められない言動である。

使者は思い直したようにいった。

「いまや、先君薨《こう》じて日なお浅し。われら僚友、いずくんぞ相争うて天下を塗炭の苦しみに陥れんや。卿、よろしくわが義子勝豊ともども、秀吉どののもとへ参り、和を講ずべくはかり候え」

要するに、勝家から発する秀吉との和平の使者になってくれ、ということだった。

「和を講ずることですな」

利家は念を押した。

「そうです」

「和睦ですな」

もう一度、利家はいった。こんどは、使者は大きくうなずいて見せた。

利家は、口に〝和〟という言葉を繰り返しながら、しだいにしらじらしさを覚えていた。

むろん、だれが善く、だれが悪いというのではなかった。いまの世にある者のやむを得ない〝和〟とその裏にひそむ〝戦〟だった。念を押すことさえ、じつはそらぞらしかった。

この勝家の和平策について『川角太閤記』は、

「もはや筑前守（秀吉）をだますとも、なかなかだまさるまじきこと必定なり」

だから起請をもって、仲直りすべきだと考えたとし、『甫庵《ほあん》太閤記』では、

「初冬のころ、滝川左近将監はかりけるは、勝家は若きときより、腹のあしきこと、大方ならぬ人なり。北国は中冬より中春までは雪深うして、心やたけに思うとも、上方への出勢もなりまじく」

そのために、年内だけは便宜上、秀吉と和睦しておくにかぎる、と考えたとある。

利家はどのように〝和〟を考えたか、使者はわからなかった。しばらく、眼をつむり、考え込む利家の端麗な表情をうかがっているだけだった。

利家はしかし、いずれ秀吉と勝家が戦い、勝家が敗亡するさまが眼前に浮かんでは

消え、浮かんでは消えするのを、どう払いようもなかった。

が、答えた。

「参りましょう」

三

能登を発した利家が、越前北ノ庄（現福井市）に着いたのは、十月二十七日の夕景である。

供廻りは小塚藤右衛門、木村三蔵、富田与五郎ら、手飼いの若者が中心で、柴田勝家を代表し、秀吉との和議を調《ととの》える使者としては、ごく簡素なものだった。

「見事でございますな」

与五郎がいった。北ノ庄の本城に聳《そび》える九層の大天守のことである。

城は勝家が天正三年から九年にかけ、営々として築き上げた雄大な牙城だった。安土山の天守より巨《おお》きい櫓ばかりでなく、瓦はすべて石瓦で葺かれ、三重の濠がめぐらされている。外周にはまた、吉野川、足羽川《あすわがわ》が流れ、天然の要害をなしている。

まさに、北陸総支配の拠点にふさわしいものだった。

けれども、晩秋の夕闇のなかに見えるそれは、なぜか影薄く感じられた。

「うん、見事なものだ」

利家は言葉だけはそううなずき、影薄い大天守を、いっときいいようのない不安で眺めた。

「われらが国にも、あれほどのものが欲しゅうございますな」

与五郎は無邪気である。他の若者たちも、そんな思いであっただろう。

「甲州の武田信玄公の武威は、いっとき、天下に鳴ったものだ」

利家はぽつりといった。

「が、その領内には、とくに堅城を築かなかった。なぜか。領外で戦ったからだ。また、攻められても、城を頼りにせず、士、百姓たちすべての領民を頼りにしたからだ」

「はあ」

いい出した与五郎が、いくぶん羞《は》ずかしそうにした。

「そなた、兵法者の家に生まれたが、刀剣の鋭利さをとるか、芸のたしなみをとるか」

「芸でございます」

「であろうな。われらも、城より士の粉骨、領民の信頼を得たい」

「ごもっともです」

それはしかし、築城した勝家を批判することでもあった。で、利家はすぐにつけ加えた。

「まあ、それは理屈だ。巨大な城も鋭利な刀剣も、ときによっては必要になる。柴田どのは、一向一揆といういわば敵の真ん中に拠点をもたれた。いきおい、城は巨大ならざるを得ない。それにひきかえ、わが領国は、いや当家には、じつは巨城を築くべき金銭がないのだ」

若者たちは声をあげて笑った。

「だから、せめてあの天守へ登らせてもらおうかい」

「ぜひ、お願いしとうございます」

若者たちははずんだ声になった。

その城の主、柴田勝家は笑みをたたえて、利家を迎えた。

「よう見えられた」

くったくない声音である。

「おやじ殿の仰せですから」

利家は勝家のことを、平生こうよんでいる。

「かたじけない。しかし、硬い話はよそう。久しぶりに一献《いっこん》傾け、むかし話でもしようではないか」

「それはまた、一興ですな」

利家は応えながら、ふと勝家の相貌に思いがけないやつれを感じとった。

自慢の髯《ひげ》に、白いものが目立つ。皺も深くなっている。

齢《よわい》六十一。白いものが増え、皺が深くなってもさして不思議ではないが、魚津陣で別れて以来、僅か数カ月でずいぶんの変わりようである。

ばかりか、その髯の先を綺麗に整えてある。衣服も身綺麗である。かつての豪快質朴な風貌を思うと、別人の感じさえした。

やつれはむろん、本能寺の変以来の秀吉との対立である。光秀討ちを秀吉にさらわれるという決定的な不利のなかで、なんとか旧織田家宿老筆頭の地位を主張し続けてきた。

結果はしかし、ことごとく秀吉にしてやられている。元来、戦は猛《たけ》くとも、政略には弱いのである。

いっぽう、髯を揃えたり、綺麗な身なりをしたりする理由もわからないではなかった。

〈お市の方〉

である。

この信長の妹で、絶世の美女とうたわれた女性は、浅井長政に嫁し、天正元年ほかならぬ兄信長に滅ぼされてから、三人の子女とともに、清洲にひっそり暮らしていた。それがこの秋、勝家のもとへ再嫁してきている。

当時、世間では秀吉と勝家がお市を争い、勝家が勝ち、そのためいよいよ対立が深まった、と噂されたものだった。

たしかに、勝家はお市の容色に溺れた。秀吉はたぶん、再嫁をすすめたのではないか。そうして勝家を満足させることによって、清洲会議で、広大な領地を得ることに成功したと見られなくはない……。

もとより、勝家は女色に溺れるほど生ぬるい男ではなかった。が、人間の生涯には、ときにふっと風穴みたいなものがあいて、微妙に運を分けることがある。

独り身の宿老が、主家筋の女を貰う。なんの変哲もない。が、時期というものがあり、相手が美しすぎた。

勝家自身の思いに関係なく、生ぬるくもし、そう思わせもする。勝家はそんなぽっかりあいた風穴にいるのではないか。

利家はしかし、なんの忖度《そんたく》もない。

「御台《みだい》さまに、ご挨拶申し上げたいのですが」

「そうか、うん、そうだな」

勝家は少しはにかむようにうなずいた。

お市は勝家の妻であってもなくても、主筋の女性である。見知ってもいる。

「席へ呼ぼう」

「いえ、お伺いしますよ」

「そうか」

勝家は先に立って、奥へ案内した。

お市がいた。ときに、三十七歳である。ろうたけて、一段と美しさがまさって見える。

「久闊でございました。ご息災で、なによりでございます」

「おまえさまも」

お市が言葉少なに、こういった。美しいが、愁《うれ》いがしのばれた。その愁いは、運命にもてあそばれる戦国の女性に特有のものだった。

〈そこへいくと、まつも、それに秀吉のねねも、達者すぎる〉

利家はあまり深い仔細もなく、それぞれの妻女を思い較べた。

娘が三人いた。浅井長政との間に生まれたお茶々、お初、おごうである。のち淀《よど》の方になるお茶々、京極高次《きょうごくたかつぐ》に嫁すお初、徳川秀忠《ひでただ》に嫁し、千姫《せんひめ》を生むおごう、いずれも戦国終末を彩る女性たちだった。すでに女の眼をもつお茶々、少女のつぶらな瞳のお初、おごうの三人が、薄幸の母親の周りに、なにか犬の子のようにまつわりついているかに見えた。

利家はその一人一人に、挨拶した。かの女たちは、黙って会釈を返した。

奥を出ると、日が暮れかかっていた。燭の灯が廊下を照らしていて、いま見た女性たちの姿をぼんやり映し出すかのようだった。

勝家の廊下を踏み鳴らす音だけが、やけに高く響いた。大事な宝を見せた照れ臭さかもわからない。

朝、使者として同行する金森《かなもり》五郎八、不破彦三らが到着した。

改めて酒肴が出た。勝家はしかし、このたびの和議について、なにも語らなかった。

雪で動けぬ北国衆が、いっとき和を結んで秀吉を牽制する策だということはだれにもわかっていたし、表立ってそんな卑怯とも思える策略を相談できる勝家でもなかった。

そのかわり、こんなことをいった。

「信孝さま、滝川どのは、われらの身を案じてくれている。西国毛利家も、奥州伊達《だて》家もよしみを通じてきている。さきの将軍義昭どのも、いろいろ動いてくれている」

ひとごとのような口調だったが、要するに、秀吉包囲の策は、徐々に進んでいることを伝えたかったらしい。

金森、不破の両人は、感心のていでうなずいたが、利家はひょいとまったく別のことをいった。

「忘れるところでした。私もそうだが、供の者どもが天守を拝見したいと申しています。このさい、拝見させていただきとうございますな」

「おお、それはやすいこと。すぐにでも登るがよろしかろう。いまはちょうど、越前の晩秋の景が一望のもとに見渡される」

勝家は人を呼びかけ、しかし、自ら立ち上がって、

「わしが案内しようわい」

と、先に立った。

利家と若者たちがそのあとに従った。高梯子を上る勝家の姿は、一変してなかなか達者なものだった。

息も切らさずに、もう白く雪をいただく白山連峰や飛驒、越中の山々、きらめく足羽川の流れ、かすむ越前平野から海のあたり、いろいろ指さして説明した。

「見事でござりまするな」

若者たちは、しきりに感歎の声を連発した。そんな遠景でなくても、城の直下の濠のあたりも、かなりの風景だった。ことに、西方の一角に林があり、点々と赤い実を

輝かす柿の木が並んでいた。

「あれは渋柿かな」

などという若者たちの会話を聞き咎《とが》めた勝家が、にこにこしていった。

「わしじゃとて、渋柿は好まぬわ。あれは大ぶりのうまい越前柿じゃ。が、おぬしらには食べさせられん。まず、三人の娘ども。それからあとのことじゃ。帰りまで生《な》っておればよいがの」

「なにとぞ、二つ三つ残し置き下され」

若者たちは、勝家の本気ともつかぬ冗談に恐縮して応えた。

利家も欄干に手をそえ、その赤い柿の実を見下ろしていた。勝家が傍へきて並んだ。

利家は下を見ながら、ぽつりといった。

「私は、正真正銘の和議をいたしたいと思っていますよ」

「正真正銘か……」

勝家はいい返して、しばらく黙った。若者たちは、とっさに場を離れている。

「それは、わしも願うところだ。が、もはや正真正銘の和議は成り立つまい。だいいち、和議が成ったとして、それからどうなる。わしがあの男の風下に立つのか」

「いずれが上下になるかは知りません。けれども、おやじ殿には、お市の方さま、三人のお子があります。一方はまた」

と利家もことさら秀吉の名をいわず、

「私の古くからの朋友。いずれも疵《きず》つけたくないのです。もしかしたら、正真正銘の和議を願っているのは、私だけかもしれませぬな」

「なるほど、もっともの話だ。しかし、意地というものがある」

「それもよくわかります。意地を通すためにも、ここは一番、和を図るべきでしょう」

勝家は薄く笑った。じつは、策略のための和議であっても、和のための和議に見せかけるにこしたことはないのだ。

「だから、おぬしに頼んだのだ」

「私もさよう心得ています」

「とにかく、よしなに」

「できるかぎり」

利家はうなずいた。

和議の意味合いに、いくぶんの相違がある。正真正銘の和議を結んだところで、いずれ破棄され、戦になるだろう。そうでなかったら、たぶんじりじりと勝家方が凋《ちょう》落《らく》していくだろう。

利家はしかし、少なくとも策略のための和議にしたくなかったし、考えたくもなかった。それが両者に対する配慮というものだった。

しばらく、二人は点々と赤く輝く柿の実を見つめていた。そのあたりを、あわただしく家士が往き来した。大将が冷静をよそおっていても、家来たちはじっとしておれないのだ。

「では、参りますよ」

勝家は黙ってうなずいた。

四

利家一行は途中、府中に立ち寄り、利長夫妻に対面し、さらに近江長浜に立ち寄り、城主柴田勝豊と同行した。

勝豊は勝家の養子である。が、勝家は甥の佐久間盛政ばかりに眼をかけているので、内心あまり面白く思っていない。

秀吉は素早く眼をつけ、清洲会議で越前丸岡城から長浜に移した。長浜が勝家に譲られるにさいし、城主を勝豊にするようすすめたのである。

勝豊もまた、勝家から一歩でも離れ、秀吉といわないまでも、中央へ近づきたがるふうだった。そんな人物である。

こうしてみると、こんどの和議の使者は、いずれも秀吉に親しい連中ということができる。金森、不破も秀吉に近い。

そのような人選は、和議の常套手段かもわからないが、いっぽうでは危険をはらんでいる。俗にいう〝いたされる〟ということだった。

まして、相手は人を策略することに長《た》けた人物である。あっさりと寝返るかもわからないのである。

勝家にはしかし、勝家の考えがあった。とにかく、この冬季のあいだ、じっとしていてくれる保証を得られればいいのである。あとは、自らの威信をもって、押さえつけることができるだろう。

万一の不安があっても、利家がいる。律儀で篤実なこの男は、まさか裏切ることは考えないはずだ……。

利家は質朴な勝家の風貌と、もしかしたら浅はかな読みかもしれぬその策を、考え考え山城《やましろ》に入った。どこか影薄い風貌であり、策略だとも思わざるを得ない。

問題は、秀吉がどう出るか、だった。

その秀吉は、さきごろから築いた山崎の天王山宝積《ほうしやくじ》寺城にいた。訪れたのが、十一月三日である。城はあらかた完成したところで新しい木の香りがしていた。

城といっても、殿舎である。かれの本城は姫路だから、上方にいるときの宿舎がわりと考えていいだろう。

利家はあらかじめ、使者を出しておいた。

それには、柴田勝家名代、同勝豊以下、利家、金森、不破の一行とし、名代人に勝豊を立てた。使者もまた、勝豊の家中から選んだ。

あらかじめ、そのような手筈になっていたのだが、そのほうが談判しやすい。秀吉もまた、利家でなく勝豊が相手なら、いろいろの都合を含めて、意見を述べやすいだろう。

「越前からの御使者でございまするか」

と、青白く見るからに怜悧そうな若者が、一行を迎えた。

見知らぬ男だった。が、その口調、態度には、この城をというより、秀吉一統を差配している趣きがある。

「手前こと、石田三成《いしだみつなり》でございます」

そいつは、一行を客殿に招じたうえ、下座でこう名乗った。

一人一人が名乗るのに、涼しげな笑みをたたえ、いちいち丁重に辞儀を返し、終わるとすぐに、

「御使者の趣き拝聴仕ります」

といった。

勝豊は少々、まごついたようだった。まさか、この白面の男から、使者の口上を聴かれようとは思っていない。

だいいち、どのていどいっていいのかもわからない。とりあえず、

「筑前守（秀吉）さまへ、じきじきに申し上げます」

というと、すかさず、

「そのために、前もってお聞かせ下さいますよう。何事も手前の身を通すことになっ

ておりますゆえ」

「おん身を通すのか」

「そうです。手前にお聞かせしようとお思いになれば、いささかお気遣いになりましょうが、手前はただの明かり障子。聞き分けまして、通すばかりでございます」

「聞き分ける、とはいかがなことか」

「聞き苦しいことがあれば、通しませぬ」

「それならそなた、やはり耳に聞き、宰領するのではござらぬか」

勝豊は少し、いらだった模様である。

三成は少しも悪びれたところがない。微笑をたたえながら、

「伊賀守（勝豊）さまの長浜お移りのさい、手前が聞き分けましてございます。よいことは通し、よからぬことは通さぬという重宝な明かり障子でございます」

勝豊の表情が変わった。いわずもがなのいわば秘事に属することがらである。

「おぬし、われらに腹を立てさせようというのか」

「お腹立ちは、それぞれの勝手でございます。手前は腹を立てませぬよ」

「うぬ、嘲弄いたすのか」

勝豊が腰を浮かしかけた。その袖を利家が引いた。

「この仁は、よいことは通す、よからぬことは通さぬと申しているではありませんか。思うさま、申し上げるがよい。そこもとが申し上げないなら、手前が申そうか」

勝豊が頬を紅潮させ、大きくうなずいた。この男、まだ若い。

そこで、利家はずいと一と膝、進めた。

「藤吉郎に伝えろ」

とまず、いった。

「柴田殿から和議を申し入れる。聞くもよし聞かぬもよし、すべて藤吉郎の一存である」

大声だった。たぶん、戦場で使うべき怒声になっていただろう。

「心得ましてございます」

三成という男は、少しもあわてず、退ったと思ったら、ほとんど入れ替わるように、秀吉が入ってきた。

「やあ、久闊久闊。又左どのの元気な声を聞いて、ようやく安堵したわい」

満面に笑みをたたえ、いきなり利家の前に坐ると、その膝をとんとんとたたいた。

「怒るな、怒るな」

といい、それから一同に向き直った。

「みな、ご苦労でした。じつは話を聞かずに帰ってもらうつもりだったが、又左殿に叱られてしもうた。又左殿に叱られたからには仕方がない。和議結構。中身はなんや知らんが、ぜんぶ承知したと伝えて下され」

「誓書が要りますぞ」

と、まだ利家は一見、憤然としたさまでいった。

「それも承知。丹羽殿、池田殿と相談のうえ、早々に認《したた》める。だいたい、柴田殿とはいさかいはない。いさかいのないところに、和議もない。そのような心持ちじゃと、伝えて下され」

利家は聞きながら、しだいに暗い思いに沈んだ。

〈和議はとても無理だ〉

と。

秀吉には、少しも和解の心がない。内容も確かめずに、和議を結ぶとは何事だろう。いっぽうでしかし、むかしながらの横着さがあり、それもかなり芸当が巧くなっていると認めずにはおれない。それは、垢《あか》のつくことが人間を大きくすることの意味ならたしかに人物が拡がっているようにも見える。どうも、摑みどころのないふうになっている。

もしかしたら、このての男でなければ、天下を握ることができないのではないか。そう思って、勝家の老皺とは異なる皺面を眺めていると、ひとりでにおかしくなってきた。

「や、又左が笑った。又左が笑った。みな、機嫌を直して下され。三成めの出すぎた振る舞いは、わしからこれ、この通り打擲《ちょうちゃく》しておきますわい」

手にもった扇子を振り上げると、すかさず三成が頭を突き出した。その素首のあたりを、二つ、三つ、打ちつけ、

「ささ、酒じゃ酒じゃ」

と勝手にはしゃぎ立てた。

たいそうな歓待だった。四人の使者はむろんのこと、それぞれの供廻りにも、山海の珍味にうま酒がついた。

話はそして、光秀を討った山崎の合戦が主だった。北国の模様は聞こうともしない。仇敵を討った手柄話はしかも、かれの確固とした地位をいやでも認めさせるつもりだった。

立ち居振る舞い、すべてに明るく、闊達である。三成の振る舞いに腹を立てた勝豊さえ、秀吉の一語ごとに笑い、相興じた。

一行は一応の使者の役目を終えた。翌四日、京大徳寺の総見院に行き、信長の菩提をとむらった。思えば、亡君の霊に直接あいまみえるのは、はじめてのことだった。

その足で一行は京を出立した。出立にあたり、偶然のようにして、秀吉が総見院へ現われた。

「達者でな。まつどのによろしく」

秀吉がいった。かれはまつに対するときだけ、いかにもしんみりした口調になるのが、いまもって変わらない。

「ねねどのにも」

利家がいうと、

「ああ、伝えておく。又左どのに叱られたことも」

と、くったくなげにいった。

利家一行が越前に戻ったのは、六日の日だが、秀吉は早くも五日に、兵を動かしている。筒井順慶が秀吉の命によって、近江方面へ兵を出動させたものだった。

さらに、七日には新殿舎で茶会を開き、十日に丹羽長秀と会い、十二日に細川藤孝の来訪を受け、そして十二月七日、ついに自ら兵を率いて、近江に入った。

和議は反古《ほご》どころか、はじめからまったく意に介していないことがはっきりした。

近江出兵は、ほかならぬ長浜の勝豊攻めだった。むろん、討ち滅ぼすつもりはない。降伏を強要するためであり、もし勝豊救援に勝家の北国勢が動けば、それもまたよし、といった策戦だった。

勝家は雪の降り出した越前に在って、その報告を聞きながら歯ぎしりをした。

もっとも、利家は勝家にこう復命している。

「見せかけの和議はしょせん見せかけですな。あとはただ、見せかけの和議を、どう本物の和議にもっていくか……」

秀吉が和議を破り、勝手に動き廻っても、文句のつけようがない。

ルイス・フロイスの報告書には、

「秀吉は勝家以外の恐るべき相手をもたない」

とある。

秀吉は光秀を討った直後から、勝家を倒すことに専念している。すべての行動は、対勝家のものだった。その心根を知らないのは、北国衆ばかりである。

多少の政略的動きをしているとはわかっても、はじめから戦う意志を抱いているとは、利家でさえ気づかなかった。秀吉自身、こうした攻撃的意志をもったことは、かつてないはずだった。

雪に閉ざされたなか、悲報はつぎつぎ入ってきた。勝豊が有無なく降参し、そのまま長浜に安堵されていること、秀吉は進んで美濃に入って諸将を降し、秀吉の担ぐ信雄に臣従を誓わせたこと、さらに勝家の担ぐ信孝を、岐阜城に囲んだこと……。

身辺にもよくない報告がくる。本願寺光佐《こうさ》・光寿《こうじゅ》が秀吉に通じたこと、それはともなおさず、いまは屏息《へいそく》している北国の一向一揆を蠢動させることにほかならない。

詳報がきた。

岐阜を包囲したのは、丹羽長秀、筒井順慶、細川忠興《ただおき》、池田恒興、蜂屋頼隆ら、総勢三万余である、と。そして、兵はみな信孝のもとを去っていた。

信孝は母と娘を質にして降った。降った信孝を、そのまま岐阜に置いた。ここでも秀吉は、討ち滅ぼすのでなく、形骸化して生存させる策をとった。

さらに、秀吉の工作は続く。表向き信雄を担ぎ、安土城へ奉じ入れた。いっぽう、北伊勢に侵出し、勝家の盟友滝川一益麾下の関万鉄、一政父子を秀吉に屈服させ、それに怒った一益が、関万鉄の居城亀山城を攻めると、それを咎めて出兵する、という有様だった。

北伊勢攻めもまた、大軍だった。土岐多良越えでは、秀吉の弟秀長が大将となり、筒井、稲葉一鉄ら、大地畑越えでは甥の三好秀次が大将となり、中村一氏や近江衆が従い、安楽越えでは秀吉自ら七カ国の大軍を率いて乱入した。

滝川勢は頑張った。が、大軍の前に諸将はことごとく陥ち、本拠の長島に逃げ去った。

これが二月二十日のことであり、ただ一城残った峯城には、滝川儀太夫がとどまっていた。むろん、包囲されたまま、身動きならぬ状態だった。

ところで、この滝川儀太夫の妻であった者が、利家の兄利久のもとへはらんだまま嫁してきた。前田家相続騒動の一因だが、生まれたのが前田慶次郎である。

が、慶次郎はたぶんに屈折した心をもちながらも、豪快な男に成長し、当時、養父利久ともども、帰参して利家のもとにいた。

「叔父御」

蛮声で、利家にこう呼びかける。

城内外を闊歩し、諸国流浪中に仕入れた綿の衣服に、赤いラシャの陣羽織を着て、得意になっている。なかなかかぶいたところがあった。

むかしから、利家はこの男が気に入っている。そのかぶいたさまも、さほど気にならない。

利家自身、少々かぶいた者でなくては、ものの用に立たぬ、といっていたし、かれ自身かつてかぶき者の一人だった。

その慶次郎が、のそりと七尾城の利家のもとへやってきた。

「叔父御、島をごらんになったか」

「島だと。島はいやでも毎日、眺めている」

「わしと一緒に見るかね」

「見たらどうなる」

「よい分別もつく」

「そうか」

利家は逆らわない。草履《ぞうり》を突っかけ、残雪をよけながら、山上のきわに立った。湾の向こうに能登の島山がかすんでいる。

「島が見えるでしょう」

「ああ見える」

「青くけむっています」

「いつものことだ」

「いいや、一両日前まで、白かった。いまはもう見えぬ」

慶次郎は雪の消えつつあることを指摘したかったらしい。

「なるほど」

「わかりましたかね、叔父御。わかったなら、早速出陣の支度支度」

はやすようにいって慶次郎は笑った。

ちょうどその日、北ノ庄から急使がきた。

〈雪解けによって、出陣〉

との知らせだった。

賤《しず》ヶ《が》岳《たけ》

一

二月の下旬、利家は勢三千を率いて、七尾城を出立した。

珍しく晴れ渡った日で、残雪の輝く能登路を、長蛇の列が行く。あまり急がない。戦場と覚しい江北の山野ならいざ知らず、領内を通るときは、一種の示威《じい》行進の意味合いがある。

甲冑《かっちゅう》、剣槍のきらめき、旗、幟のはためき、いずれも領主の武威である。時代はそして、まだまだ武威を必要としている。

利家は馬上で素面をさらし、路端へ出て見送る領民に、いちいち微笑を浮かべて応えた。

〈しかし……〉

と利家は思う。

出陣という武士の晴れの儀式を、もう算《かぞ》えきれないほど経験している。そのたびに、心の昂揚があったものだった。

いま、それがない。まったくないというと嘘になるが、極めて薄い。

〈なぜか?〉

年齢のせいなのか。それとも、無意識のうちに、勝家対秀吉の争いから避けたいと思っているのか……。

〈きっと、あのせいだ〉

と、一日先に出発した一隊のことを思った。それは、一隊という表現があたらないかもわからない。なぜなら、妻まつの一行だったから。

まつは、北ノ庄から出陣の使いがくると、

「私も行こう」

独り言のようにつぶやき、利家の返答も待たず、

「うん、そうしよう」

と、やはり勝手に相槌を打った。

むろん、戦に参加するためではない。伜利長の居城、越前府中へ行こうというのである。

「行ってどうする。あそこは、下手すると戦乱のまん中になる」

利家がいうと、

「だから、参ります」

と、まつは笑った。

「あの子が万一あったとき、嫁御はどうなります」

嫁御はまだ少女で故信長の娘である。

「助かるものなら助けたい。自害せにゃならぬものなら、仕方を教えてやらにゃならぬ。とにかく、傍についていてやらねば」

いい出したらなかなか退らないところがある。それに、かの女特有の勘みたいなものがあって、吉、不吉にかかわらずおおむねそのような経過を辿る。

「あまりよくない占いだな」

「おまえさまも、内心そう思っていられるのではないですか」

「とすると、私が府中にいることは、おまえさまにとっても都合のいいことでしょう。上手にあの世へ送って差し上げますよ」

「かも知れぬ」

「それは忝けない」

と、利家はさして逆らわなかった。

「それに、摩阿もどうしていることやら。ちょいと顔を見たいのです」

摩阿は利家の三女。のち、秀吉の側室となって〝加賀殿〟といわれた女性だが、このとき十二歳。質として、北ノ庄の城に差し出してある。

「気のすむようにするがいい」

「そうさせていただきますよ」

こうして、まつは前田勢出立の前日、前田慶次郎以下、数少ない供廻りで立って行った。

「こんどはおれあ、婆さんのお守りだ」

と、これは慶次郎の残した戯《ざ》れ言葉だった。

陣列が北ノ庄に着いたのは、三月三日である。その到着を待っていたかのように、さきに陣容を整えていた佐久間盛政の先陣が出発して行った。

その先陣のなかに、利長が入ることになっている。

勝家はにこにこと、利家を迎えた。

「このたびは、まつ殿も出陣されるそうで」

まずこういって、豪快に笑った。

「なんとも聞かぬ婆さんでございましてな、骨を拾うには、傍にいるほうがいいと申しているのです」

「わしもさよう聞いた。うらやましい限りでござるわい。わしはそういうわけにいかん」

お市の方のことである。

「わしが一人で、すべてを始末せにゃならんだろう」

「首途《かどで》の不吉は禁物ですよ」

「この年になって、不吉もなにもない。おぬしもそうだろう」

「それはその通り」

「ただ、運を天にまかす。敗けようとは思わぬが、敗けてもともとという気もある。

玄蕃（佐久間）や成政（佐々）には聞かせられぬ心底だ」

たぶんそうだろう。利家だからこそ明かす、といった風情が窺える。

「摩阿殿に会わせよう」

勝家は話を換えた。

「婆さんが会ったのなら、それでようござる」

「いやいや、母御と父御では、また一味違うというものだ」

勝家は早速、摩阿を招いた。切れ長の眼が、なにかずいぶん大人びた気ぶりを思わせた。娘というより、女である。

利家はしかし、幼児にするように、掌を頭に置いた。

しばらくそうしていて、

「達者か」

と声をかけると、摩阿も、

「達者でござります」

と、おうむ返しのように答え、少しはにかみながらも、ずっと父親の掌の温もりを味わっているようだった。

「お茶々殿やお子たちと、仲良くしているのか」

「はい。さようさせていただいております」

「それはよかった」

のち、淀君になったお茶々に、加賀殿になった摩阿は、つとめてひかえめに対していた。淀君もまた加賀殿に隔意はなかった。いっときの北ノ庄の暮らしが、ごく自然にそうさせたのだろう。

「まつ殿に、摩阿殿を連れていかれよ、と申したのだが、まつ殿に叱られた」

と勝家は傍からいった。

「なんと申しました」

「人質を離すのは、敗け戦のときだ、と」

勝家はまたおかしそうに笑った。

そして翌四日、柴田勢は勝家以下二万、北ノ庄を進発した。

二

柳ヶ瀬《やながせ》は北近江伊賀郡にあり、長浜から府中に通ずる北国街道と敦賀《つるが》街道の分岐点にある。

南方は標高約三百五十メートルから五百五十メートルぐらいの比較的傾斜の急な小山岳が連なっており、僅かに東西一キロ、南北二キロ弱の余吾湖《よご》と、木ノ本、柳ヶ瀬の中間に小盆地を有するのみである。

北方はさらに高峻な山岳地帯であり、北国街道も敦賀街道も、その山岳の渓谷を縫って峠を越さねばならない。

また木ノ本南方には、長浜の平野が拡がり、東に伊吹山が聳え、南西に琵琶湖をひかえている。湖北端の塩津は、余吾湖の西方二キロの地点にあり、ここから敦賀に通ずる道があり、山中の小径にもつながっている。

想定される戦場の地形は、ざっとこのようなものだった。

九日、勝家は本陣を柳ヶ瀬北方一キロばかりの中尾山に据えた。西街道を見下ろせる要衝である。

その西方四キロ、街道の西にあたる行市山には、先鋒の主将佐久間盛政が陣を置いた。これを前線拠点として、さらに西方の橡谷山、別所山、中谷山、林谷山など、一帯の高地に、前田利家・利長父子、徳山秀現《ひでみ》、金森長近《ながちか》、不破彦三、原彦次郎らが布陣した。

ちょうど、柳ヶ瀬本陣を抱擁する山岳陣地を形成している。

ときに、秀吉は北伊勢で滝川一益を攻めていたが、勝家動く、との報告で、織田信雄、蒲生氏郷に伊勢をまかせ、自らは兵を還《かえ》し、十一日には堀秀政の居城佐和山に入った。

先鋒一番は堀久政、二番は長浜の城主柴田勝豊。勝豊はいまやはっきりと養父勝家に敵対するかたちをとっている。

三番は秀吉麾下の木村隼人、木下昌利、堀尾吉晴。四番は同じく前野長泰、加藤光泰、浅野長政、一柳直末。五番は生駒政勝、黒田孝高、明石則実、木下利匡、山内一豊ら。

六番は三好秀次を大将として、岸和田の中村一氏が従い、七番は秀吉の弟で、姫路の城主羽柴秀長。八番は郡山の筒井順慶と伊藤掃部助。九番は蜂須賀正勝、赤松則房。十番は神子田正治、赤松則継。十一番は宮津の細川忠興、高槻の高山重友。十二番は秀吉の養子、亀山の羽柴秀勝を将とし、洲本の仙石秀久が従い、十三番は茨木の中川清秀という陣備えである。

武士は、合戦ごとに上下の結束が固くなっていくものだが、ことに氏素姓もない秀吉の場合、事実上の天下を分けるこの戦に、〝秀吉党〟とでもいうべき背景を作っておきたかったのだろう。いちいち礼を尽くし、賞を約束して、味方に迎えている。

さて、そのつぎは秀吉の馬廻りで、先手は鉄砲衆八組、右手に昵近衆《じっこんしゅう》、左手は小姓衆とし、十七日木ノ本に到着した。

山肌が両脇より迫り、湖の北端の引きつめた箇処に、敵味方の大軍がひしめき合ったわけである。

秀吉は直ちに兵を出し、戦いを挑んだ。が、勝家は出て戦おうとはせず、それぞれに守備を固めさせた。

互いの策戦として、秀吉は平野に引き出そうとしていたし、勝家は天嶮《てんけん》に拠ろうとしていた。

不活発というわけではないが、たとえば冬眠からさめた動物のように、雪の残る北国から出てきて、すぐさま戦うにはいっときの余裕が必要のようだった。それに、北ノ庄にいたときから柳ヶ瀬に着陣したあと、ずっと中国の毛利、四国の長曾我部《ちょうそかべ》らに対し、旗揚げを呼びかけている。その応答もほしい。

さらに、秀吉陣内からの内応者を待っている。じじつ、長浜衆の山路将監、大金藤八郎らに早くも反応の噂があった。

秀吉はかれらが守っていた神明山に、木村隼人、堀尾吉晴ら麾下の勇士を入れ、山路らを堂木山に移したところ、柴田方から神明山に攻撃があった。

内応の約束があったのだろうが、守備しているのは剛強の者どもだった。柴田勢はあわてて退いた。

そんな策謀なら、秀吉のほうがたぶん、もっと上手である。越後の上杉景勝に手紙をやり、

「越中の斬り取りは勝手である」

と、北国勢の背後を脅かすようすすめたり、本願寺に接触し、北国の門徒衆を動かせば、加賀一国を進呈する、とい送ってもいる。

こちらのほうがよほど現実性があり、じっさい、景勝は越中魚津を攻め陥していたし、一向一揆の残党も、不穏な動きを見せていた。

どちらかというと、柴田の北国勢は、一向一揆を征伐するにつれて、北国一円に攻め入ったものであり、ずいぶん残酷な目に遭わしている。一向宗徒の恨みは強いので

ある。

そのうえ秀吉は、家康と連絡をとることを忘れなかったし、勝家が頼みにしている毛利に対しても書を送り、

「播磨より西は知らず、東国においては、わが鋒先《ほこさき》に敵《かな》うものはない」

と豪語したりしている。戦国の世は、豪語もまた力なのだった。少なくとも、勝家のまっとうな申し入れより、よほど景気がよかった。

そんな裏の工作のなか、勝家は各陣地に、濠をうがち、塀、柵を設けさせた。食糧や物資は、府中、北ノ庄方面から輸送させるため、道路も確保した。

秀吉もまた、相手の持久戦模様を察知すると、左禰山、神明山、堂木山、大岩山、岩崎山、賤《しず》ケ岳《がたけ》に堀秀政ら有力武将を籠らせ、陣地を構築させた。

本営の木ノ本には蜂須賀、黒田以下、精兵を貯え、いざというときの突出部隊とし、いっぽう、細川忠興を丹後から越前へ回し、海岸に放火させるなどして、勝家の後方を攪乱《かくらん》させた。

攪乱といえば、柴田方も当初に行なっている。

勝家本隊が到着するまえ、先鋒佐久間盛政は木ノ本一帯の焼き払いを企んだが、麾

下武将は、われもわれもと先陣を望んだ。なかにも、利長は、

「このたびの先陣は、もっとも敵に近い府中衆に命ぜられるのが至当である。不破殿も府中ながら、年若は手前である。先陣いたすはわれをおいてない」

といって先頭に立った。

そのあとに、不破彦三、原彦次郎らが続き、木ノ本、高月を焼き払った。利長はそれでも足りず、関ヶ原まで進んで焼き払い、その働き、一万の軍兵にまさると称揚されたものだった。


こうして、多少の動きはないわけではなかったが、一見、膠着状態におちいった。が、秀吉と勝家は、その立場が違っていた。勝家は単に柳ヶ瀬の戦場に守備を固めているのに対し、秀吉は長浜に帰って休息し、天下の動きを観望し、そして美濃に入って織田信孝を攻めはじめた。

要するに、働きがあり、それはまた最大の敵柴田勝家を相手にしていながら、それだけにとらわれぬ余裕といえた。

利長は父利家にいった。

「どうもいけませぬな」

「なにが」

利家はもう一カ月以上も滞陣している橡谷山から、諸陣営の山々を眺めながら、いくぶんとぼけたように反問した。

「進むなら進む、退くなら退く。せっかく出てきて長陣とは、兵が倦《う》んでしまいます」

「そうかな」

「ご覧なされ。あの山々の旗や幟は、もはや色あせてしまいました」

北国の春の足は早い。長い冬を一気に追い払うように、木の芽を吹き出し、若葉をつけ、もう初夏の風が吹き渡る空の下、出てきたばかりのとき輝いてはためいていた旗幟は、萎《な》えて冴えない。

「そうだな」

「大将はどのようなお考えでしょう」

「さあ」

「さあとはなんです。父上がそのお立場ならどうなされます」

「同じことだろう」

「つまり、じっとしているのですか」

利家はゆっくり、利長のほうを見た。

「戦えば負ける。いや、負けるかどうかわからないが、その見極めがあるのだろう。だいいち、動けば、反応者が出る」

「それはどなたです」

「わしかもしれず、おまえかもしれぬ」

「まさか」

「戦に、いや、人の世にまさかはない」

利家は少し声を強めた。

「すると大将はなぜ出陣なさったのか」

「死ぬるためだろう。はじめからわかっていたわけではない。ここに滞陣しているうち、ようやく思い当たったのさ」

「では、われらの出陣は」

「おまえの思いは知らぬ。わしはおやじ殿（勝家）の最期を見届けるためだというつもりになっている」

「父上は大将に殉ずるおつもりか」

「言葉は正しく使うものだ。殉ずるとは、主君のためにすること。おやじ殿はわしにとってかけがえのない先輩だが、主君ではない。おやじ殿もたぶん、わしに一緒に死ねとはいうまい」

「そうなると、われらはいったい、なんのために出陣したのでしょう」

「だから申している、見届けのためだと。北国の雄として、一老豪がこれだけの人を集め、これだけの陣営を整えたのだ。これにまさる大きな葬儀があろうか」

利家はしかし別に沈んでいるわけでもなくどちらかというと淡々としていた。

「では、手前も葬儀に参加するのでしょうか」

「おまえ」

利家はほんの少し、笑った。

「いくつになる」

「二十を一つ、越えました」

「わしは十四歳の初陣より、そのころまで、いやもっとあとまで、よい敵を求めて戦った、戦うために戦った。だから」

利長はつぎの言葉を待った。が、利家はそれで、口を閉じた。

もしかして、ふと、わざわざ越前府中までやってきたまつの顔を、思い浮かべたのかもわからない。

その夜、近辺の百姓姿の身なりで、秀吉方の密使と称する者がまぎれ込んだ。

「近日うちに、合戦を仕掛ける。ついては裏切りを願いたいが、かねての心中は存じている、あからさまな裏切りはでき申すまい。よって双方にお構いなく」

という趣旨のものである。

利家は首を傾け、眼をつむり、聞き終わったとたん、そいつの首を刎《は》ねた。

「偽者でありましたか」

利長が訊ねた。柴田方の心試しの意味である。

「いや、秀吉殿の使いだろう」

「それなら、生かしてお帰しになればよろしかろうに」

「心を人に左右されたくない」

少し、怒ったようにいった。

四月十九日、佐久間盛政は俄然、動き出した。すでに秀吉方前線は探索し尽くしてある。そうしておいて、大倉山一帯の奇襲を勝家に進言した。

勝家は盛政の猛進だけを知る性を危惧し、はじめなかなか許さなかった。

「なんのための出陣ぞや。まして、怨敵秀吉は美濃へ出向して不在でござる。いまをおいて、攻撃の機はござらぬ」

盛政は采《さい》を膝に打ちつけ打ちつけ、怒鳴った。重ねてまた、

「なんのための出陣ぞや」

といった。

ようやく、奇襲成功の場合でも、素早く引き取ることを条件に許された。一瞬だが、勝家には盛政の奇襲によって秀吉が現われ、存分の一戦を交えることができるかもしれぬ、と考えたに違いない。

かれの夢は、主将同士、堂々と采を揮い、大軍を動かしての合戦だった。その機会をずっと待っていた。あるいは、盛政の動きで、好機が開けるかもわからないのである。

勝家は陣容を改めた。自ら四キロ南下した狐塚に本陣を据え、利家、利長父子も茂

山へ移った。

こうして夜中、二十日の午前一時ごろ佐久間盛政が一万五千の軍勢を率い、粛々と出発した、先陣は不破、徳山、原ら。

行市山から峰伝いに南方に向かい、一部は集禅寺坂から西に下り、塩津谷を迂回し、権現坂を東に越えて余吾湖の西岸に出、一部はなお峰伝いに南進し、夜明けの六時ごろから大岩山に迫った。

別に柴田勝政を大岩山の西方にとどまらせ賤ヶ岳の桑山重晴に備えさせた。

一大奇襲である。攻め口も理にかなっている。士気も高かった。

大岩山の守将中川清秀は、急ぎ守兵一千を配備し、銃撃を加え、また槍隊で迎え撃った。急報は岩崎山の高山重友、賤ヶ岳の桑山重晴のところへ走った。が、高山も攻撃を受けていたし、桑山はまったく動かなかった。

いろいろな意味で、奇襲は大成功だった。中川清秀は奮戦し、突撃を繰り返して死んだ。その兵もまた、ほとんど全滅した。

盛政は勝ちおごった。勝家の本陣へ清秀の首を送り、この地で休養し、さらに賤ヶ岳を攻める、といってきた。

勝家はあわてた。

「眼中眼前の敵あるを知って、背後の秀吉を忘れたのか。早く、戻れ」

すると盛政は答えた。

「いまが勝機である。全軍をもって、隘路《あいろ》を突破し、突撃せられよ」

同じ趣旨が三、四度往来した。しまいに、盛政はいった。

「鬼柴田も老耄《ろうもう》せり」

いっぽう勝家は天を仰いだ。

「伜め、われに腹を切らす気か」

もしかして、盛政の進言通り、勝家が全軍を指揮して突出すれば、多少は事情も変わり、敗けるにしても、もっと栄えある最期を飾れたかもわからない。

が、老練勝家には、みすみす敗北の危地へ飛び込む考えはない。そして、その不安は的中した。

大垣にあった秀吉は、直ちに長駆反転し、二十日の夜のうちに、近江に入った。美濃路からの海道にかけ、おびただしい炬火が、いつ果てるとも知れぬ長い列を作っていた。

盛政があわてて撤退しようというとき、はや秀吉の先陣が迫り、銃撃乱射し、ときの声をあげた。まったく思いもよらぬ早業《はやわざ》だった。

朝光のもと、利家の陣所からは、算を乱して敗走してくる佐久間勢が見えた。賤ヶ岳の西、堀切の北で陣容を立て直すつもりらしい。

が、すぐあとを、勢いに乗った秀吉勢が迫っている。とてもその余裕はあるまい。

「終わったな」

利家はぽつんといった。もう出る幕はないのだ。勝家もその状況を眺め、敗北を悟ったことだろう。

利家は本陣狐塚のほうを見やり、軽く会釈した。

〈引き揚げさせていただきますよ〉

こういったつもりである。それから床几《しょうぎ》を立ち、采を振った。

「府中へ帰る。妨げる者あれば、討て」

前田勢三千が、いちどきに動き出した。

前田勢は佐久間勢の背後に廻って出、秀吉勢と接触した。多少の闘いがはじまった。

前田勢はしかし、そのまま突進するのでなく、東方から西方へ峰越しに移動し、いったん塩津谷へ下り、それから北方へ離脱して行った。

後年、関ヶ原で島津勢が敵中を突破しつつ退却した例があるが、それによく似ていた。

その戦いで、小塚藤右衛門、木村三蔵、富田与五郎景勝らが討死した。三度まで敵陣を突き崩すという奮戦ぶりだった。

それにしても、かれらは、利家の小姓衆である。本陣そのものが、敵中を突破したということだった。

そのさまを眺めていた徳山、不破、金森らの軍勢もいちどきに退きはじめた。

佐久間勢は総崩れになった。とりもなおさず、柴田勢の総崩れで、勝家は合戦というかたちをとる暇もなく、ただ敗走する佐久間勢の後方から怒濤のように迫る秀吉の大軍を眺めたにすぎなかった。

利家と利長は、府中の城に入った。まつがいた。敗残の姿を見て、なにがおかしいのか、大声で笑い、

「そうれ、ご覧」

といった。

「かゆが炊いてありますよ」

「皆の者に食わせろ」

「もう食べさせてあります。おまえさま方も、遠慮なく召し上がるがいい」

利家と利長がかゆをすすっていると、まつが傍からいった。

「ささ、どうなさる。この城を枕に討死なさるか。それとも、降参なさるか」

「そなた、どちらがいい」

「どちらでも。けれど」

「なんだ」

「羽柴さまに訊ねてからのこと」

利家と利長の父子は、憮然《ぶぜん》と顔を見合わせた。

一息ついているところへ、敗走中の勝家一行が立ち寄った。その行装は、

「修理、馬乗の士八騎にて、槍の柄切折りたるを、馬上にお持ちあり」(『利家夜話』)

というふうで、いかにもわびしげなものだったが、悪びれずにいった。

「又左どのよ、せんだってからご苦労でござった。不運の極み、かくの如くでござる

よ」

急いで門を開け、湯漬けを振る舞うと、うまそうに食べ終わり、替え馬一頭を所望し、そして利家を招き、

「そなた、筑前守とは、まえまえからの入魂《じっこん》でござったな。それも並み尋常でない。もはやこれまでのわれとの盟約は、お忘れあれ」

と、にっこり笑った。つまり、自分への義理はもう捨ててよく、秀吉を頼まれよ、というわけだった。

これはもう、男だけの、それもある境地に達した者だけがわかる風情だ。利家はその武骨な、しかし温かい掌を握った。握り返す勝家の掌に、意外な力がこもっていた。

勝家が去ると、入れ替わるように、秀吉の先陣の姿が見えた。

「きたぞきたぞ」

門を閉め、柵を厳重に、銃兵は筒先を並べた。軍勢はしかし、一定線でひたと止まった。

ほんの二、三発、撃ち合いがあったあと、なにかぽっかりと空隙が拡がった。その

間に、十間ばかり先に馬印を立て、ただ一頭の騎馬が進み出た。

「おおい、わしだわしだ、筑前守だ。鉄砲を撃つな、撃つな」

と、その小柄な男が、ものすごい大声で叫んだ。凜々《りんりん》とした迫力があった。

矢倉の番衆高畠石見と奥村助右衛門が急いで門を開けた。秀吉は両名に利家父子が無事帰っているかを確かめ、そのままずかずかと、まず台所へ入った。

とにもかくにも、まつへの挨拶である。なにがおかしいか、久闊を述べながら、笑い合った。

なにもかも、その光景で決まったようなものだった。

三

秀吉は台所の間の大黒柱にもたれ、ちょこなんと足を組んでいた。

猩々緋《しょうじょうひ》の陣羽織の裾を、草鞋《わらじ》ばきのままの足で踏んづけている。本人は気がつかないようで、その無造作のさまが面白い。

それはたしかに不思議な光景だった。

いま柴田勝家を追っている、ということは、天下さまの道を追うことにほかならないが、その男がただ一人、敵城と覚《おぼ》しいこの府中の城の台所の間にいる。

女房のまつが、むしろ座の上にいて、むかしそうやって応待していた通りに、落ち着いている。かの女にとっては、いつまでも亭主の友達なのである。

女房などというものは、ひたすら亭主や伜の身の上ばかり案ずるもので、旧友が勝ち進んでくれれば、すかさずそれに従おうとする。まつもそうだろう。が、それだけではすまないしたたかさが窺われた。

台所にやってきた利家と利長父子が、その光景を、眺めた。

「やあやあ」

秀吉がすぐ、くったくなく、声をかけた。

利家、利長父子はなんとなくその場に坐り、会釈した。

〈いい顔になっている〉

と利家は思った。

むかしは、眼鼻口がくしゃくしゃと寄って、たとえば、

〈人かと見れば猿、猿かと見れば人〉

といった風情だったのに、それぞれの造作がある年輪と威厳をもっている。

ことに、眼の輝きは異常だ。

〈こいつ、いつからこうなったのか〉

利家は秀吉の眼光に、少し驚いた。

秀吉はしかし、ほとんど利家を見ない。照れくさそうに避けているようである。

すぐにまつに向かっていった。

「播磨の娘のことだが、息災じゃそうな」

秀吉のもとへ養女にやった豪姫のことである。いま、播磨の姫路城に住まっている。

「せんだっても手紙が参ったが、ひとしお女らしゅうなってな、可愛げな文言だった。人にやるのがなにやら惜しゅうなってきた」

と笑った。

すでに、備前の宇喜多秀家のもとへ嫁すことが決まっている。ときに、秀家十一歳、豪姫十歳である。まるで、ままごと遊びのようだが、政略の意味も含めて、当時はさして珍しいことではない。

「おかげをもちまして、仕合わせそうな姿、喜んでおりまする」

と、まつは辞儀を返していった。

「けれど、同じ人の子といいましても、もって生まれた運命はいろいろでございます」

「だれのことかね」

「摩阿のことでございますよ、北ノ庄にいる……」

「おお、そうであったな」

秀吉は少し考え、

「いや、権六（勝家）どののことだ。めったなことはすまい。いまにも返してくるのではないか。ほかにも、気をつかわねばならぬ者もいる」

秀吉はたぶん、お市の方やその娘たちのことを考えているのだろう。

あわただしいなかで、女のことを考えている。もっとも、勝家との衝突を、お市の方の争奪だというふうに、うがった見方をする者もあるくらいだった。

秀吉はきゅうに、なにか思いついたように、

「そうであったな、北ノ庄に摩阿を出してあったのだな」

と改めていった。

これはたぶんにある意味合いを含んだ述懐だった。人質に出してあるくらいなら、

もし健在なら貰ってもいい、というふうに聞こえた。

この貰うというのは、養女としてではあるまい。果たして、

「豪に似て、さぞ美しかろう。いや、おまつどのに似て、というべきか」

とつけ加えた。

催促の意味にとれる。が、秀吉がいうと、どこかくったくない。

「まだ十二ですから」

「そうか、もう十二になっているのか」

〝まだ〟と〝もう〟の違いが面白かったが、秀吉はすぐに話を変えた。

「冷や飯でもあったら、一椀、振る舞うて下さらんか。少々、腹が減ってきた」

「これは気づきませせぬことで」

まつは自ら襷《たすき》がけし、手早く湯漬けの支度をした。

「さきほども、柴田さまから湯漬けを所望されました」

「ほう、権六どのも立ち寄っていったのか。で、なんと申していたのかな」

「負けた負けたと申され、向後、柴田さまの義理は忘れるように、とのことでした」

「なるほど」

秀吉はちらと利家のほうを見た。

本来なら、利家と交わすべき言葉だった。が、利家に口をさしはさませない。微妙な立場の利家に対する好意か、そうでなかったら、順調すぎる自らの道程に照れているのだ。

利家にしても、もしまともに口をきくとすれば、敵対したことへの詫びか、戦勝の祝詞《しゅくし》か、いずれにしても、ことさらいいたくないことがらだった。

秀吉はちゃんと心得ていて、まつと会話することで、意見を伝えようとしている。

「それにしても、あわただしいことだな。千客万来というものだ」

「ほんに北陸道の茶見世《ちゃみせ》でございます」

「まったくだ。しかし、だれもかれも、安心して湯漬けが食える見世だ」

秀吉は笑いながら、湯漬けを掻き込んだ。食いざまそのものは、むかしながらせかせかしており、口辺に飯粒をくっつけるさまも変わらない。

「そこで」

秀吉は湯漬けを食い終わると、立ち上がった。

「その権六どのだが、いまや遅しと待ち受けているだろう。亨主どのは功者ゆえ、借りて参りますぞ」

「ぜひに」

まつはほんの一瞬だが、手を合わせ、拝むような素振りをした。

「倅どのは、おふくろどのの伽《とぎ》に、傍にいるがいい」

「いえ、あの子もお供に」

と、まつは利長にいった。

「孫四郎どの、お供をなさるがいい」

利長はいわれるまでもない、というふうにうなずいた。

そんなさまを、利家は憮然と眺めていた。

秀吉はまつを通じて北ノ庄攻めを命じ、まつはまた、利家に代わって答えている。

いまはしかし、それがもっとも素直な応対なのだろうと思った。

秀吉と利家は馬首を並べ、ゆるゆると城門を出る。

少しあとに、利長がこれも騎上で続く。利家・利長にはそれぞれ口取りと道具もちの小者が数人。

あとはいない。要するに、戦士としての一団が、秀吉軍に参加するものではなかった。単身で秀吉の供をするというのは、それ自体、降服の意味を示す。が、ついさきほどまでの頭領勝家を、軍勢をもって攻めるというかたちを避けることでもあった。

まつの進言である。

「お二人だけで、お供なさいますよう」

かの女は、ぽつりといった。差し出がましいようだったが、それが秀吉、利家を前にしたとき、どうにも逆らえぬ発言のように聞こえたものだった。

そして、府中城には、城預かり人として、堀秀政が入った。

利家は多少の屈辱と、いっぽうで気楽さを感じていた。屈辱はしかし、このさい仕方のないものだったし、利家勢が勝家を攻める心苦しさに較べると、よほど楽だった。

府中城を取り巻いてたむろする秀吉勢が、おりから雨上がりの陽差しで、きらきら輝いていた。

蜂須賀正勝《はちすかまさかつ》がいる。浅野長政がいる。ほかに顔見知りの武将が、にこにこと迎えている。

いくぶん緊張気味に並ぶ若い衆が数人。

「この者どもはようく働いてくれた」

と、秀吉はその若者たちの名をいった。

福島市松、加藤虎之助、加藤孫六、片桐助作、平野権平、脇坂甚内、糟屋助右衛門……。

のち、〝賤ヶ岳七本槍〟とたたえられた若者たちだった。

むろん、当時まだその名はない。秀吉の馬廻りとして、ほとんど初陣といっていい戦闘に活躍したというにすぎない。

が、みな血気さかんで、まなじり高かった。利家はふと、かつてのかれの姿を思い浮かべた。

「みな、ようくあやかるがいい。この仁こそ、おれが年来の友でな、槍の又左と異名をとった織田家随一の剛士じゃぞ」

若者たちは、さらに緊張し、硬くなって会釈した。

利家は一人一人に会釈を返した。自然な微笑みが浮かんでいた。

蜂須賀正勝が、手短に進軍の模様を秀吉に説明した。先鋒はもう、北ノ庄にとりついているらしい。

「お二人は、そのまま並んでいかれたらいかがです」

と、このかつて小六《ころく》といわれていた濃尾《のうび》の野武士が、にこにこと笑いかけた。いつのまにか、この年長の男にも、長者の相が備わってきている。

「そうしよう」

すぐ秀吉がいった。むろん、利家にも異存はない。

思えば、二人が馬首を並べて戦に臨むのは、これがはじめてだった。

利家が信長の馬廻りとして令名をあげはじめたころ、秀吉はまだ小者にすぎなかった。秀吉が家中でしだいに出世してくると、なぜか別々のところで働かされてきた。

陣列が北を指して、動きだした。

「これからも、こうやって出たいものだ」

秀吉がつぶやいた。

利家は黙ってうなずいた。

多くを語る言葉をもたない。二人が並んで攻める相手が勝家とあっては、心が重いのである。

もっとも、秀吉もそうはしゃいでばかりもいられない。つぎつぎに連絡がくる。命令を下す。そのあいまに、越前の地理に明るい利家に、なにかと訊ねる。

徳山五兵衛、不破彦三らが降服してきたのも、その道中だった。

かれらは、どうやら府中城での利家の対処を見守っていたらしい。その利家が特殊な関係にあるとはいえ、まあ降《くだ》った恰好になったことで、安心してやってきたのだろう。

ごく自然に、利家がかれらの斡旋役になった。

「陣列に加わるがいい」

秀吉は少し、居丈高《いたけだか》になっていった。

利家に対するときとは違う。利家は年来の仲間であり、これは単なる降服者という峻別が見られる。

かれらはまた、当然のように叩頭《こうとう》して、陣列の末尾に加わった。のち、徳山も不破も利家の家臣になる。

さらに、いま一つのできごとがあった。

「柴田どのの同朋、徳庵なる者を捕らえましてございます」

という知らせを受けて、秀吉は、

「それがどうした、なんぞ役に立つのか」

といった。

敗北必至の戦闘を前に、逃げ去る者のあることは、少しも不思議ではない。名のある者ならともかく、同朋如きの逃亡を、いちいち詮索してもはじまらないのである。

が、使者はすぐに答えた。

「女子を連れておりまする。どうやら府中へ参るつもりでありますそうな」

「府中だと」

秀吉が利家を見返った。

すでに利家には察しがついていた。

「摩阿ですよ、たぶん」

これは、そして、勝家の厚意だということがすぐにわかった。

〈不憫《ふびん》なおやじどの……〉

利家はさりげない口ぶりの裏で、木強《ぼっきょう》で人の好い勝家を痛感した。

「なるほど。すれば、おれではない。この又左どのにいえ」

秀吉は使者にいった。

「いかがいたしましょうか」

「まず、これへ」

「はい」

徳庵という者が、少女を連れておずおずとやってきた。そして、少女は摩阿だった。やつれている。北ノ庄出陣のとき、ずいぶん女らしくなったと思ったものだが、やつれたいまは、さらに艶やかささえ感じられる。

摩阿はしかし、利家の顔をそこに見て、ぼうと頬を紅潮させ、涙をきらと輝かした。

その涙は、安堵とともに、北ノ庄にいる勝家やお市の方、遊び相手といっていい茶々たちの運命を悲しむものに違いない。

利家はだから、軽々しく、

〈達者でよかった〉

などとはいわなかった。

「母御のところへ行って、泣け」

と、怒ったようにいった。それから、小者の一人を呼び、供を命じた。

所在なげに立つ徳庵には、銭袋を投げ与え、

「御苦労。もう去っていい」

といった。娘救出の縁を持続させたくなかったのである。

その間、秀吉はぼんやり見つめていたが、

「なかなかきついな。おれは子をもったことがないからわからんが、きつすぎはしないか」

頭を振り振りいい、

「しかし、美形だ」

とつぶやいた。

四

九層の天守閣が、かすんで望まれた。

「あれか、ふむ、あれか」

秀吉は二度、三度うなずいた。

話には聞いていたろうが、はじめて見る姿である。思いのほか、巨大に映ったのだろう。

改めて闘志が湧いたようである。

「されば」

秀吉の動きがきゅうにあわただしくなった。むろん、すでに包囲している先陣から、ひっきりなしに報告、連絡がくる。すかさず答え、指示を与える。

やたらとだれかれを呼び、遅いと自ら馬を駆って馳せ廻る。

〈なるほど、こういう戦か〉

利家は少し、退ってひかえた。手並み拝見、というところである。

が、とくに手並みなど必要なかった。

まず、勝家に勝敗の気持ちがなかったことである。秀吉と争うことで、たぶん抱いたに違いないぼんやりした不吉な予見が、確かなかたちで出現している、と悟ったに違いない。

あとはただ、自ら滅亡を覚悟するだけだった。戦いはだから、滅亡のための添えものといってよかっただろう。

その戦いの用意もまた、いたって寂しいものになった。

最後の一戦に、集め得た人数は三千。その中に、士卒の妻子、年寄りが多く混じっていた。勝家は外側の惣構《そうがま》えに対する守備をあきらめ、二ノ丸、三ノ丸だけに士卒を配し、かれらの妻子で縁故のある者はすべて離散させた。

かれの妻子の問題が残った。お市の方と三人の女子である。

勝家は、

「御身は故右府の妹御である。この戦いに関わりなきゆえ、城を出られよ」

といったが、お市は首を振った。かつて、小谷落城で、浅井長政のもとを去るとき
も、容易に離れようとしなかった女性だった。

「このたびは、ぜひにお供申します」

といい、

「けれども、三人の子は城から出させていただきます。父の菩提をとむらい、またわ
たしどもの菩提もとむらってほしいのです」

このさい、父とは前夫長政のことである。

勝家は、

「そうかそうか」

と快く聞いてやった。互いに張り合ったといわれるお市を道連れに、当の相手秀吉

の眼前で滅亡するのも悪くない、という気持ちもあっただろう。

お茶々たち三人も、はじめは一緒に死ぬといって聞かなかったが、勝家とお市とでさとし、家来をつけて城を出してやった。お市はとくに秀吉宛てに自筆の手紙を書き、子供たちの行末を依頼した。

ちょうどそのころ、秀吉の本隊が到着し、愛宕山に本陣を置いた。すぐさま、竹束を盾に攻撃しはじめ、城方の決死の士も大いに奮闘したが、その夜のうちに本丸の土居際まで押しつめられてしまった。これが四月二十三日のことである。

ぱったりと攻撃が止んだ。夜明けを期して、総攻撃が開始されるだろう。

その夜、勝家は一族および近臣八十余人を天守閣に集め、名残りを惜しみつつ、酒を汲み交わした。

フロイスの報告によると、その状景はつぎのようである。

「勝家は広間に出て、そこにいた武士たちに短い演説をした。自分が逃げ帰って、この城に入ったのは、戦争の運、不運というものであって、自分の臆病のためではない。自分もそうだが、諸君の妻や親族が侮辱を受けることは、わが柴田の名と家の永久の不名誉である。だから、自分は諸君が知っている如く、日本の武士の習慣にのっとって腹を切り、敵に見つからないよう、遺体を焼かせるであろう。

さらに、諸君がもし敵の赦免を受ける途《みち》があるならば、自分は諸君の命が助かることを喜ぶものである、といった。

しかし、人々はみな答えて、自分らばかりでなく、妻子もともに一人残らず、主人勝家にならって、来世までも随従するであろう、といった。勝家はこれに対し、諸君の意思が自分と同じであることはうれしい。ただ、遺憾《いかん》とすることは、現世において自分に対する諸君の厚誼《こうぎ》に報ゆる途のないことである、といい、美味をもって一同を饗応した。

人々は楽器を奏でて歌い、また舞い、大いに笑いかつ楽しみ、その態度はあたかも戦勝を祝うが如くであった。内からは少しも発砲せず、ただ愉快な声ばかり多く、外にある者は驚くほどであった」

秀吉にはむろん、最後の饗宴であることがわかっていた。攻撃を制止させたのも、武士の情けといえるものだった。

が、フロイスの報告には、こうある。

「秀吉は勝家以外には恐るべき強敵はもたないといっている」

林述斎《はやしじゆっさい》もまた、こういっている。

「秀吉は、勝家の死を救ってくれ、と申し出た者に対し、尋常の敵ならば殺すに忍びないが、彼が生きていては、わが事は成らない、といってこれをしりぞけた」

利家はしかし、勝家を救ってくれとはいわなかった。秀吉のあくまでも攻め殺そうというのも武士なら、自ら滅亡の道を選ぼうとしているのも武士であることを知り抜いているからだった。

〈壮烈な葬儀〉だと思っている。苦しく、悲しいが、武士なら眼《ま》のあたりにしなければならない出来ごとなのだった。

翌二十四日早朝、秀吉は本丸の攻撃を開始した。残った精兵二百は、弓、鉄砲で応戦した。

正午ごろ、秀吉勢の先陣が、手槍打ち物をもって突入した。打ち合いになった。しばしば反撃したが、兵の数はしだいに減ってきた。

勝家は九層天守の上に登って梯子を引いた。そして、眼下にむらがる敵勢に向かって、大音声で叫んだ。

「勝家が腹の切りようを見て、後学にせられよ」

敵味方、粛として声絶えるなか、勝家はお市の方を引き寄せて刺し殺し、一族子女を刺し、それから刀をもちかえ、左手の脇に突き立て、右の背骨まで貫き、返す刀で胸の下から臍の下まで割《さ》いて五臓六腑を掻き出し、侍臣中村文荷斎に介錯《かいしゃく》させて、果てた。

ときに、勝家六十二である。殉死する者八十余人。

直後、文荷斎の手で点じられた火薬が火を噴き、九層の天守閣は燃え上がった。火煙はそして、越前平野の空をくろぐろとおおった。

まだ黒煙がたなびいていた。秀吉はすかさず、加賀へ向かって軍勢を前進させた。そんな間にも、勝家から送られてきたお茶々ら三人の女子たちの処置も忘れない。

「ひとまずは、府中の城を借りようか。摩阿もいることだし」

と、秀吉は利家にいった。

「府中はもはやお心しだい。借りる貸さぬというものではござるまい。しかし」

利家は小首を傾げた。

「摩阿のいることが、かえって娘御たちのお気に障ってもならぬ」

とつけ加えた。

それまでは、摩阿が人質として北ノ庄にいた。こんどは母子ともにいる摩阿のところへ、お茶々たちが厄介に行くことになる。

少女たちの微妙な心のあやを案じているのだ。

「案ずることはない。まつどのがいる。まつどのにあずかってもらうのだから」

と、秀吉はくったくない。そして、素早く家来をつけ、丁重に府中まで送らせた。

喜々としている。すでに、それをめぐる女たちの配置が、おぼろげながらかたちをなし、天下とは別の男の欲望に燃えているようだった。

「それより、加賀の始末だ。おことの智恵を借りねば」

と、秀吉は馬を進めた。

船橋を渡って一泊。翌二十五日早く、加賀に入った。

目指すのは、佐久間盛政の本拠、尾山《おやま》（金沢）城である。主人を失った部将たちはしかし、大軍を見てたちどころに降った。

秀吉は残兵を追い、尾山に入り、留まること数日。北陸の仕置きにかかった。

秀吉の戦後処理は素早い。おおむね定まった北陸の形勢は、つぎのようである。

丹羽長秀に越前・若狭二国を与え、加賀の江沼・能美二郡を加えて、北ノ庄城に入れる。

村上義明は能美をあずかり、小松城に入る。また溝口秀勝は江沼をあずかり、大聖寺城に入る。

利家は、旧領能登に加え、加賀の石川・河北二郡を与え、尾山城に入る。

利長はうち石川郡をもらい、越前府中から松任城に移る。

せんじつめれば、柴田勝家、佐久間盛政の旧領を、前田・丹羽両家で分けたようなものだった。

ところで、いま一人、北陸の将がいる。越中の佐々成政である。

かれは直情径行、反秀吉の急先鋒だった。こんどの戦いにも、まっさき駆けて参加したかっただろうが、かれの領地に接触して、年来の敵上杉氏がいる。

勝家は成政に対上杉氏の防備を命じた。じじつ、秀吉から上杉景勝に対し、背後からの進撃を依頼していた。

かれは動けない。歯噛みしながら、戦況を見守った。

むろん、成政は勝家がこうやすやすと秀吉に敗けるとは思っても見なかっただろう。

が、かれは越中富山にいて、勝家の敗北を聞いた。そして、勝家とともに戦うはずの利家が、秀吉とともに加賀へ進撃していることも聞いた。

ところで、かれにとって、利家は年少以来、信長のもとでの競争者である。同じように働き、同じように功を樹てた。

精選の馬廻りとして、赤母衣、黒母衣の士が備えられたとき、かれらはともにその筆頭となった。長篠の役では、やはり同じく鉄砲組衆を指揮した。

そして、領国は能登と越中というように隣り合わせになった。なにかと比較される二人である。

成政は利家に異常な闘志を抱いている。敵意といってもいい。

勝家はどちらかというと、利家を高く買っていた。戦闘力は同じであっても、律儀篤実さが利家にはあった。

成政は気がつかない。荒武者としては、律儀篤実などの倫理は、むしろ不要なものと思っている。乱世のもっとも簡明な力である、武威ばかりを信じていた。

さらに、かれが気に入らないのは利家が秀吉と年来の朋友であることだった。

秀吉などは、成政によると単なる成り上がり者で軽卒者にすぎない。中国の総大将として、勝家と同格になっても、なおかれの同輩としか思わなかった。ことに、勝家との対立が表面化してくると、しきりに秀吉をののしり、そのついでに秀吉の友人であり、かつ長い間の競争者である利家を憎んでいたのである。驚きと怒りが、二重三重になって渦巻いた。かれはひとり、勝家の弔い合戦をするのだと力んだが、ようやく老臣らに押しとどめられた。

秀吉もことさら越中進撃をしようとはしなかった。なにもじっさいに秀吉に敵対したわけではないからだった。

成政は娘を尾山に送り、和を請うた。秀吉は黙ってそれをいれ、越中領を安堵させた。

秀吉にはすべきことがありすぎる。とても越中などに構っている余裕はなかった。

「だから」

と秀吉は利家にいった。

「おことに加能の地を守ってもらうのだ」

決戦末森《すえもり》城

一

こんにち、金沢市では毎年六月、

〈百万石祭り〉

というものが催される。

一種の商工祭りのようになってしまっているが、もともと前田利家金沢入城の封国祭だった。だから、祭りの目玉として、利家を中心とした時代行列が出る。

その日は、新暦に換算して、六月十四日とされている。たぶん、天正十一年四月二十六日をもって入城日としたのだろうが、じつは明確ではない。

利家が宮ノ腰(金沢郊外)に着陣し、居城七尾の留守役、富田景政に与えた書簡に

よると、同月二十五日小松に入り、二十六日宮ノ腰に着き、

「金沢城、今日相果たすべき様子に候」

と報じているだけだ。

だいいち、佐久間盛政の旧領である石川・河北二郡を、秀吉から授与された日時も明らかでない。その秀吉の金沢入城は、同二十八日なのだから、早くとも二十八日以後に属するはずである。

また、封国祭というからには、加賀二郡を与えられたのち、七尾から一族、家中ともども、金沢へ入城した日を指すのが妥当だろうが、その日もわかっていない。

が、明治の初め、旧藩士族たちが、

〈尾山（金沢の旧称）旧誼会〉

というものを結成し、封国日を六月十四日と定め、毎年尾山神社（利家を祀《まつ》る。旧別格官幣社）で祭礼を行なってきた。

これが『百万石祭り』の起源だが、以前は、

〈尾山祭り〉

といい、市が後援するようになったので、単に、

〈市祭〉

ともいった。

市歌のようなものも作られ、戦前ではその日、小学生たちが歌ったものである。

その市歌のはじめの一節に、

〃二つの流れ遠長く

霊沢澄んで湧くところ〃

とある。

〃霊沢〃というのは、往古、この地に芋掘り藤五郎なる長者がいて、砂金のついた芋を洗った。つまり、金洗い沢で、これが金沢の地名起源の伝説になっているわけだが、伝えられるその沢は、現兼六園内にあり、

〈金城霊沢〉

という記念碑が、十三代加賀藩主前田斉泰《なりやす》によって建てられている。

歌いはじめの〃二つの流れ〃は、犀川《さいかわ》と浅野川を指す。

地形を詠《よ》み込み、瑞気をめでるのは、この種の歌謡の通例だが、それはたしかに、金沢という城下町の象徴ということができる。

二つのこの流れを基本に、金沢の地形を眺めると、東から卯辰山《うたつやま》台地、浅野川、小立野台地、犀川、野田山台地というふうになっている。

うち、中央に突出した小立野台地の先端部が城地である。ちょうど、二つの流れが、東西の天然の濠のようになっている。

延徳年中という。本願寺実如《じつにょ》が、北陸に進出した一向宗教線の中心として、ここに、〈本願寺〉

を建てた。

天文中には、拡大再造された。この金沢坊舎へ、本尊の木仏、大幅の親鸞《しんらん》の絵像、御伝、泥仏、名号、実如の絵像、三具足、仏具、灯台など、多くの道具が差し下されたという記録がある。また、七高僧も下ったという。

門徒たちは、ここを、

〈尾山御坊〉

と呼び、信仰の本山とした。

本山はしかし、信仰だけではなかった。さきに守護富樫氏を滅ぼした一向一揆による政治・軍事の本拠でもあった。

御坊というより、戦国期の城郭になっていたと思わねばならない。

そこが天正八年、佐久間盛政によって陥された。盛政は尾山御坊を改め、尾山城とし、土塁を築き、柵を設け、濠を掘るなど、いろいろ修築を施した。

城下町としての形態も出来上がった。尾山八町と称する古い町も、当時の起源である。

が、かれが尾山城主であったのは、僅か二年余りにすぎなかった。かれの描く城郭や城下町や、また治政については、想像もできないが、ほとんど緒《ちょ》についたばかりだっただろう。

利家が居城を七尾から金沢に移し、新たに、

〈尾山城主〉

となって入城したころ、天守閣などもなく、坊舎の建物ばかりだった。佐久間盛政は、尾山御坊の遺構を、そのまま利用していたのだろう。

利家はまず、城内を仔細に点検した。台地の尾のそこから、東西にそれぞれ浅野川、犀川の二つの流れが、きらきら輝いているのが望まれた。

北の方は台地の突端になっていて、自ら嶮岨《けんそ》な崖を造っている。南の方はしかし、

台地続きである。

「妙なところだ」

利家はつぶやいた。

「東、西、北の三方から見れば、要害に違いない。が、背後から襲われれば、ひとたまりもあるまい」

じじつ、盛政はそこから攻めて、御坊を陥している。

ちょうど、こんにちの兼六園あたりである。城との間には、いまは道路が走っているが、藩政時代は百間濠という金沢城最大の濠であり、利家入城のころは僅かに蓮の生えた湿地帯にすぎなかった。

「ここでござりまするな、虎口は」

と、気に入りの小姓、篠原勘六がいった。

「一つ、大いに濠を掘り、石垣を築きましょう」

かれは若いが、築城、土木工事に詳しい。

「まあ、その必要はあるまい」

「なぜでございます」

「たいそうな仕事だ。家来も城下の民も百姓も、辛い目にあう。その割に、たいした効果は望まれない」

「しかし、虎口でござりますれば」

「戦は」

と、利家は笑った。

「外へ出てやるものだ」

むろん、堅城要害を不必要だといっているわけではなかった。ただ、かれの体験によると、野戦攻城はあっても、籠城戦はなかった。戦とはそんなものだと思っている。また、城が城としての体裁をもつ必要があるにしても、いまはやるべき多くのことがあった。

新領地の治政、家来たちの組織替えや賤ヶ岳戦以来の論功行賞、一向一揆や佐久間残党の一掃など。

「それに、一カ所ぐらい、危ないところを抱えておくのも、人間必要なことだ」

と、利家はつけ加えた。

勘六は、利家はもしかして、もっと手ごろなところに築城する意思があるのではないかとも思った。

利家にはしかし、さらさらそんな考えはなかった。本丸高台に昇り、四方を眺めて、

「気に入ったところだ」

といった。

以来、二百八十四年、二つの流れのなか、そこが前田氏百万石の居城として続くのである。

二

利家は本丸の地にあった仏殿を、とりあえず居所に定めた。主だった家来たちも、みな城内の坊舎に住まわせた。

その利家の居所から、一個の仏像が出てきた。

棟木《むなぎ》にこも包みになって結びつけてあったもので、おろして調べると、阿弥陀如来の像だった。尾山御坊の本尊仏に違いないと思われた。

御坊落城のさい、坊官、堂衆たちは、そんなところに本尊仏を隠して、退去したのだろう。

「焼き捨てますか、それとも打ち壊しますか」

勘六が元気よくいった。

かれがとくに不信心なのではなかった。一向一揆というものは、当時の織田系武士のあいだで、怨敵のように思われている。宗教ということを離れ、一敵国の観があったのである。

ほかの若侍たちも、一様にそんな気持ちだった。城下の市人や領民たちへの見せしめというつもりでもあった。

まつがそれを聞きつけていった。

「それをわたしにください。本地仏として、崇《あが》めたいのです」

そして、引きさらうようにして運ばせると、内仏殿に安置した。

若侍たちには、少し鼻白んだふうが見えた。利家にも、そんな気持ちがなかったとはいえない。かれは、能登へ逃亡した一向寺院のうち、しかるべき寺を選んで、下げ渡そうと考えていたのである。

「おかしいですか」

と、まつは利家にいった。

「一向宗の本尊を崇めるのは」

「おかしいといえばおかしい。しかし、人の好きずきだ」

「好きずきと申されますか。元来、仏像になんの罪もありますまい」

「それはわかっている」

「いえ、おわかりではありませぬ。おまえさまには科《とが》があるのですから」

故信長の命とはいえ、比叡山を焼き打ちしたり、越前府中で一向徒を焚き殺したり、石動山をやはり焼き払ったりしたことを指している。

一向宗であるなしを問わず、敵対する仏門や門衆徒を討ってきている。いわば前科だ。

「敵は討つさ」

利家はぽつりと答えた。

たとえ相手が神仏でも、敵なら討つつもりである。戦国乱世を戦い抜いてきた武将の多くがもつ覚悟である。

それでいて、人のはかなさを知り、ときに神仏を信心して、堂塔を寄進したり、尊敬する僧に帰依したりする。矛盾しているようで、その間になんの混乱もない。

せんじつめれば、神仏の権威をかさに着た一類が相手というべきだが、覚悟のほどは、かれらの権威のもとである神仏さえもあえて畏《おそ》れぬというものである。ある意味では、ずいぶん冷静であり、直截《ちょくせつ》な宗教観だったといえるかもわからない。

「その敵は、いろいろ違ってきているのでありましょう」

とまつがいった。

「それはそうだ」

言葉には出さないが、いま当面の敵国といえば、隣国越中の佐々成政である。〈あのひょうり（表裏）者を、おことに任した〉

秀吉もこういって去った。

「すると、御領国をしっかり守らねばなりますまい。ことさら、一揆の者どもの反感を買うことは、不要でありましょう」

だから、一向徒の崇めていた本尊仏を、新領主が崇めて見せる、というわけなのである。

むろん、利家にしても、一向徒をいつまでも敵に廻しておきたいとは思わない。ことさら機嫌をとる真似はしない、一向寺院の存在を安堵しつつ、信仰だけの場にもっていく考えである。

すでに、一向寺院も一向徒も、おだやかな新領主の施策に安心しているふうが見える。

「おれはそんなことまでしない」

「わたしがするのです。人の好きずきですから」

「まあ、好きなように」

利家は突き放したようにいい、しかし、内心悪いことではなさそうだと考えていた。

まつはしかし、ただ自身でその本尊仏を尊崇するだけではなかった。やがて、賤ヶ岳戦の戦死者のための供養が行なわれたとき、その本尊仏は元来の本尊仏のようにして、内仏殿の中央に収まっていた。

戦死者は、尾張荒子以来の小塚藤右衛門、富田景政の伜で、剣をよくする与五郎景勝、のち加賀藩八家の一つになった横山長知《ながちか》の父半喜、ほか木村三蔵、奥村孫助、土屋豊左衛門、土肥但馬《たじま》の七人である。

あれは必ずしも得心のいく戦いではなかった。それでもなお、死ぬ者がある。それが戦というものであり、武士の運命である。

数は少ない。けれども、かれらの死によって、ようやく不本意な戦いの面目が保たれたのだ。

ことに、利家の若年からよく仕えてくれた藤右衛門、ゆくゆくは兵法中条流の宗家を嗣ぐはずの景勝らの死はいたましかった。

利家は読経を聞きながら、ほんの少しだが、涙を流した。

その涙を払った眼でよく内陣を見ると、あの阿弥陀仏が鎮座していた。優しく、柔和な顔だった。

仏像に罪はない、というまつの言葉を思い出した。いっぽうで、

〈まつのやつ、小癪《こしゃく》な真似をする〉

とも思った。新領主が、戦死者を尾山御坊の本尊仏の前で供養したと聞けば、一向徒もたぶん、心和《なご》むのではないか……。

この本尊仏に対し、その後本願寺門跡から、

「かの仏像は尾山御坊の本尊仏に違いない。われらは金沢に本願寺末寺を建てたのだが、本尊がなくて困っている。どうか仏を下げ渡して下さるよう」

との願いがあった。

まつはしかし、おいそれとは許さなかった。朝夕、礼拝して供養を怠らず、もしかしたら、かつて横行を極めた一揆の力をそごうとでもするかのように、その勤めはおごそかだった。

そして、まつの死後、ようやく下げ渡された。もはや、前田家にとって、一向一揆がなんの畏れにもならなくなった時期である。

こういうわけで、利家の入城後の領国支配は、まず一向徒に対する手当てからはじめられたのだった。

ただし、ただ一つ、素早く手当てを施した軍事上の行動がある、末森《すえもり》城という小城に、奥村助右衛門永福《ながとみ》を籠めたことだった。

末森は能登の内とはいいながら、加賀、能登、越中三国の境い目に所在する要地である。いまは支城となって、利家の弟安勝が居城する七尾城と、本城金沢との中継地であり、直接、越中の佐々勢の侵入に対しては、たぶんまっ先に矢面に立つところだった。

利家はこの末森の守将を選ぶについて、家来たちに諮《はか》った。すると、みな助右衛門を推した。利家も内心、かれしかないと思っていたので、心地よげに笑い、助右衛門に命じた。

「どうなろうと、見殺しだけはせぬ」

といった。

「それでようございます」

と助右衛門は笑ってうなずき、手兵二百ほか、一族を率いて去った。

かつて利家が俄《にわ》かに兄利久にかわり、前田氏の家督を相続することになり、本貫地《ほんがんち》荒子城を受け取りに行ったところ、留守居役をしていた助右衛門が、

「どなたの命なりとも、主人の命令がなければ、明け渡せませぬ」

と頑張り、よく顔見知っている利家を閉口させたことがある。利家はそんな頑固なところを思い出していた。

これが五月十一日のことである。ずいぶん手廻しがいいといわなければならない。そうかといって、いま直ちに戦が起こるという理由もなかった。長年の競争相手が、国を接し、腹に敵意を秘めながらも、表面は隣国同士の応対を、かすかに持続している現状だった。

年が明け、天正十二年の新春の賀も、互いにとり交わした。そんなとき、それぞれ

故信長の傍輩であったことを強調した。

このころ、秀吉はかなり明確に天下人を意識している。中国の小早川隆景《こばやかわたかかげ》に宛て、「東国は氏政（北条）、北国は景勝（上杉）まで、筑前（秀吉）覚悟にまかせ候。毛利殿、秀吉存分しだいに御覚悟なされ候えば、日本の治り、頼朝以来これにはいかで増すべく候わんや」

などと書き送り、勢威を示していた。

日本の治り、頼朝以来、という口調は大げさだが、その一つの表徴として、大坂城建造が盛大に行なわれていた。

が、まだ中央政界は、流動的な要素をはらんでいた。

まず、織田家の遺子、信雄、信孝兄弟がいる。

織田家の継嗣そのものは、秀吉の裁定で、信長の嫡孫三法師に決まっているものの、すでに成年であり、相応の領国をもつかれらが面白かろうはずがなかった。

秀吉にとって幸運は、遺子が二人であり、かつ不和であることだっただろう。ことに同年ながら兄とされる信雄は、伊賀・伊勢・尾張三国の主では不足で、浅はかにも弟信孝を倒しさえすれば、天下が自ずと自分の手に転げ込むとでも思ったものか、信孝打倒をひそやかに企んだ。

信孝の背後には、秀吉がいる。秀吉はなにも信孝のひいきをしているわけではないが、いっぽうが悪心を起こせば、それに対抗する姿勢を見せるのが理屈で、結果として、かれらをさらに競い合わせることにもなるのだった。

信雄はなんども、秀吉の諫言を受けた。不快だった。どころか、いまにも秀吉に害されるのではないかと案じた。

そこで、かれは三河の家康に頼った。

この一方の雄は、外見はほとんど天下に興味がなさそうな顔に見えた。本能寺の変後、遠江《とおとうみ》、駿河に併せてせっせと勢力拡大を図り、さらに甲斐、信濃の経営に腐心した。

そこは、かつての強大国、今川・武田の旧領であり、年来望んでいたところだった。あげく、健在な北条氏と衝突しそうになると、その娘を息氏直《うじなお》に嫁して和解し、とにかく東国の自領を磐石《ばんじゃく》なものにしていた。

むろん、家康は中央の秀吉の動きを知らぬわけはない。が、その男は、信長の一家来として見知っているだけであり、かつてなんの義理もないし、尊敬すべき素姓でもなかった。まだまだ、波乱が続くと考えたかもしれず、それならそれで、かれ自身も当然、覇を競う資格が充分にあると思っていたかもしれなかった。

それでも、一応は〝初花〟と称する茶壺を秀吉に贈り、柴田勝家討滅の祝意を表した。まったく黙殺するわけにいかない情勢になっているのも事実だった。

これに対し、秀吉は家康のもとへ使者を遣《や》り、太刀を贈って答礼している。かれもまた、東国にのみ専念しているものの、家康という男が、もっとも巨大な敵であることを、つとに悟っているのだった。

そんなとき、信雄が家康を頼ってきた。秀吉と相争うには、多少の不安はないでもなかったが、

〈旧主の遺子を助ける〉

という大義名分があった。それに、勝てないまでも、敗けない自信ならある。

家康はひそかに、諸方へ誘いの手を延ばした。四国の長曾我部、中国の毛利、紀伊の根来《ねごろ》、雑賀《さいが》党、本願寺、そして越中の佐々成政など。

利家のもとには、そんな中央の動向が逐一、知らされていた。秀吉からの手紙のほか、友党である南加賀、越前、近江の諸大名からの連絡がある。

別に、上方と往来する雲水からの情報もあった。かれらは、奥能登の総持寺の雲水であり、そのたびに金沢の大透圭徐のもとへ立ち寄って、情報をもたらした。利家は前年のうちに、宝円寺を七尾から移し、伽藍を建築して大透を迎えてあった。大透はそれらの情報を、さりげなく利家に伝えた。

大透は、そんな間者《かんじゃ》まがいの取りつぎを好まぬふうであったし、利家もまた、そのためになんの辞儀もしなかった。けれども、じっさいには、その報告がもっとも正確だった。秀吉の報《し》らせは、どちらかというと、誇張ないしはったりに類するものが多かったのだから。

そして、利家の身にとって、もっとも問題なのは、佐々成政の動向なのだった。

三

三月に入ってまもなく、緊張すべき報らせが入った。

信雄がかれの老臣である岡田長門守、津川玄蕃、浅井田宮丸の三名を、自らの手で誅殺《ちゆうさつ》した、というのである。

その経緯は、かれらが信雄にすすめて、秀吉を殺害しようとしたのに、信雄がとどめたので、不和になったといい、また、秀吉がかれらを使って、信雄に自害をすすめたのだともいわれた。が、ひっきょう、秀吉の巧みな離間策に陥ったことにほかならない。

信雄としては、ずいぶん思い切った処置をとったものと思われる。もっとも、すでに二月、家康のもとへ使者を遣り、戦の謀議がとり交わされていたようである。まず、秀吉のほうが動いた。信雄が理不尽にも、三老臣を殺害した、というのが出陣の名目である。

家康もこれに対して、軍勢を率い、早くも尾張清洲へ入り、信雄と会同した。そして、天下に大義名分を称え、かねて誘いの手をかけてある諸勢力の同情を求めた。

小立野台地にある宝円寺の木々の芽が、少しずつ緑をひろげていた。

「いよいよ、中原《ちゅうげん》に争いがもち込まれましたな」

碁盤を前にして、大透がいった。

「さよう」

利家は、ぽつりと盤中央に石を置き、大きくうなずいた。

近ごろ、利家の宝円寺通いが続く。烏鷺《うろ》を戦わせつつ、上方からの情報を聞くためだった。

「このさい、辺の強弱がものをいうでしょうな」

盤の辺を見やって、一石応ずるのに、利家は答える。

「その点、ぬかりはござらぬ。少数なれど、布石は上乗」

辺とは、いうまでもなく、加賀・能登と越中の境いを指している。

じじつ、利家は要地、末森に多少の増援をしたほか、長い国境ぞいに、いくつかの砦を築き、それぞれ兵を籠めた。しじゅう、物見が動いているし、いざとなれば狼煙《のろし》をあげて急を知らすことになっている。

が、物見の報告によれば、佐々勢の反応は、意外に鈍いという。家康はたぶん、上方の開戦に呼応して、成政の加賀・越前への侵入を期待しているに違いないが、そんな気ぶりはまったく見えないというのだった。

「ばらばらと撒《ま》いたこれらの石で、辺は動けまいぞ」

利家は一つ一つ、自分の打った石を指で示した。

「いや、それもさることながら、こちらの隅に障《さわ》るゆえ、動くに動かれぬが本音でしような」

と、大透が戦いの中途になったままの隅を指さした。

これは、越後の上杉勢になぞらえたものである。家康が佐々勢に加賀侵入を期待したと同様、秀吉は上杉景勝に背後から越中をおびやかすよう指示している。上杉勢はほかに、信濃・甲斐への南下も呼応策としてもっている。家康の背後をおびやかすためだった。

上杉勢にとっては、越中や甲斐侵入は、秀吉のための反軍行動だけではなく、謙信以来の旧領を回復することだった。だから、隙さえあれば、ちゅうちょなく進撃することだろう。

〈佐々勢の主力は、越後境いへ移ったか〉

と思われた。

あとでわかったことだが、成政のほうは、利家ほど上方の動きを耳にしていなかった。それはそうで、西は前田領、東は上杉領、そして南は立山など中部山岳が屹立《きつりつ》していて、家康との連絡は容易ではない。いきおい、連絡は遅れがちになったし、情報も粗雑だったらしい。

けれども、緊迫の模様はひしひしと感取しており、富山城下にいつでも出陣できる兵一万を置いていた。東へでも、西へでも、すぐに対応できる構えだった。

剽悍《ひょうかん》な人物が黙っているはずはなく、しかし、どちらかといえば情報不足から防備待機の姿勢をとらされていたわけだった。

そのときはまだ、そんな事情がわからない。佐々成政がなぜ動かないのか、むしろ不気味だった。

「こちらが動かぬとあれば、攻めかかられては、いかがか」

と、大透が碁盤を見つめていう。

「いやいや、攻めかかるのは、わが親玉の固く禁ずるところ。ゆるゆる中原の結果を待ち、辺地はしかるのちのことでござるよ」

と利家が答える。

じっさい、秀吉はみだりに動くな、といってきている。

ちょうどそこへ、庭先の大樹の新緑の下、〝走り〟がひかえた。これは利家の抱える伊賀者〝偸組〟の一人で、正真正銘の忍びだった。

利家は黙って庭先に下り、その者の報告を耳にして、戻った。大透にぽつりと一言。

「親玉が不覚をとったらしい」

四月九日の長久手《ながくて》の一戦を指している。

「それでは、辺も動き出しますか」

大透あわてず、辺に石を打ち下ろした。

「されば」

と利家が応ずる。

庭先から果ては台地の崖になっていて、下には二つの流れの一つ、浅野川の流れが光っているはずである。どうやら白く泡立ってくるらしい……。

秋風立つ七月のある日、佐々成政のもとから、妙な話がもち込まれた。

老臣村井又兵衛がやってきて、武骨な顔を神妙に構えると、

「越中では、又若さまを聟にお望みじゃそうです」

といった。

又若は利家の二男、のちの利政である。ときに、七歳になる。

成政のところでは、男子がないので、又若をもって、佐々氏を嗣がせようというわけである。

話は、又兵衛の旧知である京都在住の商人から、はるばる伝えられたものだった。

その商人はまた、成政の老臣、佐々平左衛門という者と昵懇であり、成政の意を受けた平左衛門が、かれを通じて打診してきたものらしい。聞くなり、利家はげらげらと笑い出した。

「いえ」

と又兵衛は顔を上げ、いくぶん見当違いのことをいった。

「かの商人は、至極実直な者であります。いい加減なことを申す男ではありません」

「別段、その者を怪しんでいるわけではない」

利家はかの商人より、さらに実直に違いない又兵衛の武骨な顔を、好もしそうに見やった。

「それにしてもずいぶん、念の入った話だな」

「あらかじめ内意を承ったあと、正式の使者を寄越そうというのでありましょう」

「手段《てだて》の話ではない。成政の念の入った心の内のことよ」

「はあ」

又兵衛は小首を傾げ、

「すりゃ、成政どのの企みだとおっしゃるのですかな」

と、ようやく利家の意向に近づいた。

迂遠なようだが、そんな武士でないと役に立たないのだ。

それに、又兵衛は又兵衛なりに、状況判断はしている。

おりから、上方の戦局は膠着状態にある。秀吉がしきりに煽動しても、家康は固く身を閉じて、出てこようとはしない。長久手の貴重な打点を、大事に大事に抱え込んでいるのだ。

そして、実状は両者とも和睦に傾いている。問題は、この対戦の張本人である信雄の動向にあるのだが、いったん味方した家康も、信雄の時勢を悟ろうともしないわがままぶりに、多少嫌気がさしているらしい。

要するに、きっかけさえあれば、和睦の心づもりである。

家康派の成政としても、いたずらに秀吉派の利家とことを構えず、和親を結ぼうとしている。そう考えてもけっして不思議ではないのである。

「唐突ではありますが、企みでこんな縁組みを申し込むことはありますまい」

「企みだから、できもせぬ大きな話をもってくる。佐々の家を、かねて憎んでいるわしの子に嗣がすわけがないではないか」

「それもそうですな」

と、又兵衛はすぐにいった。

「断わっておきましょう」

「その前に、することがある」

「なんでしょう」

「国境いの防備を固めること」

そのころ、越中と加賀・能登の長い国境線に、点々と防塁が設けられている。

越中往来の要衝津幡《つばた》城には、前田秀継・利秀父子。

鳥越城には、目賀田又右衛門・丹羽源十郎。

朝日山砦には、高畠九蔵・原田又右衛門。村井又兵衛は、その守将が予定されている。

七尾城には、前田安勝、同良継、高畠定吉、中川光重。

徳丸城には、長連竜。

加・能二国の連絡の要、末森城にはすでに奥村助右衛門がいる。

ざっとこのような布陣だが、利家によると、縁組みの話などもち出すのは、とりもなおさず、戦線の動き出す証拠だというのだった。

「心得ました。手前も一刻も早く、朝日山に参ります」

「そうしてもらおう。しかし」

と、利家はなお、笑みを浮かべてつけ加えた。

「越中からの申し越し、なにもあわてて断わる必要はないのだ」

ほっておけば、この又兵衛、律儀に、かつ多少の憤懣《ふんまん》をこめて、相手方へ断わりの旨を申し入れるかもわからない。

「では、断わらずに、様子を窺うということですか」

その意味だが、こう正面切っていわれると、困る。どうも、武骨、実直者というのは、始末に悪い。

「まあ、返答はこちらでしょう」

「さよう願えれば、手前も助かります。こんな役目は苦手ゆえ」

と、又兵衛は頭を掻きかき、退った。

やがて、佐々平左衛門から、近く参上したいが、都合はどうか、と伺いを立ててきた。

利家は、いつなりともよろしい、と答えさせた。が、いっこうに現われない。
すると、成政側近の茶坊主で養頓という者が、ひそかにやってきて、
「近ごろ、連日のごとく、佐々方で加賀・能登攻撃の軍議を開いています」
と告げた。
養頓のいい分は、とくに参考になるものではなかった。
「縁組みをすすめることで、油断させようとの肚でございます」
という話も、利家がすでに見破っていることだった、
が、しきりに動こうとしているのは、事実のようである。しだいに、長い国境線に緊迫の度合いが増してきた。
前田方で入手した情報によれば、佐々方の布陣はつぎのようである。
倶利伽羅山《くりからやま》　佐々平左衛門・野々村主水
井波　前野小兵衛
阿尾　菊池伊豆守・同小十郎
荒山　袋井隼人
守山　神保氏張・同氏興

そして成政は富山に在って、前線にいちいち命令を発していた。

四

八月二十八日、倶利伽羅山の佐々平左衛門らの軍勢が、突如、加賀河北郡内に侵入し、朝日山砦を襲った。

縁組みの使者として参上すべき平左衛門が、武力をもって闖入《ちんにゆう》したわけである。守将村井又兵衛は、これを迎え撃った。急報によって、金沢から利家以下が出動した。

たまたま、大雨が襲い、越中軍はなんらなすことなく、退却した。

続いて、守山の神保父子が、兵三千を率いて能登に侵入した。井田、小竹というあたりから、二ノ宮、徳善河原にまで進出し、付近の民家を焼いた。

徳丸の長連竜の軍勢が直ちに駈けつけ、泥田を中に対陣した。まもなく、七尾城からも軍勢が駈けつけてくるはずだった。

神保父子らは、小戦闘を交えただけで、退却した。

越中軍は、どうやら小当たりに前田方の防備を当たってみているらしい。遠からず、大軍をもっての侵入があるかもわからない。

が、いずこも前田方の防備は堅い。ことに、各城塞間の連絡がうまくいっている。

利家はとりあえず、これらの首尾を、美濃在陣中の秀吉に告らせた。

秀吉からはその勝利を賀し、

「貴殿を金沢に置いたのは、ひとえに表裏者たる成政に対するためである。貴殿に任しておけば安心だ。しかし、当方は丹羽長秀をもって調停が進んでいる状況ゆえ、進んで戦端を開くことは、無用にされたい」

という意味の返事がきた。

「佐々内蔵助、山取り以下仕り候とて、聊爾《りようじ》なる働き、無用に候」

自重すべきいま、山の一つや二つ、いいではないか、といい、なおこちらの兵火が収まったら、そちらへ出陣する、ともいってきた。

成政は上方の状況を知るにつけ、いまのうちに一歩でも二歩でも前田領に侵入し、実績を作っておこうと考えているらしい。

それまでの感触によると、前田方の各防塁の連絡が堅い。ここはまず、加能の連絡を分断し、越中軍の拠点を確保するほかはない、と気づいた。

その目標がほかならぬ末森城だった。

末森城は羽咋郡下吉田にある山城である。約百十メートルの山塊に、東西に長く郭《くるわ》々が連なり、南北は谷になっている。

規模はそんなに大きくない。守兵は奥村助右衛門以下、ほぼ五百。

主だった者の女房子供ら家族もいる。

この城を目ざして、越中軍が動いたのは、九月八日のことだった。

成政自ら一万五千の大軍を率いて、富山を出発し、いったん木舟《きふね》というところに総勢を集結させ、それからなだれを打って末森に向かった。

先陣八千が九日の未明、みるまに城を十重、二十重にとり囲んだ。成政麾下は、東南一里ばかりの坪井山に本陣を据え、総指揮をとった。

一方、浜の手の川尻というあたりには、神保父子を布陣させた。金沢から来援するに違いない利家の本隊に備えるためである。

隠密で、素早い進撃である。見張りが急を告らせるのと、なだれを打って大軍が迫るのと、ほとんど同じくらいだった。

守将奥村助右衛門は、金沢へ急使を出すのがやっとで、たちまち防城に追われた。

城方の副将、土肥伊予は兵二百人を率い、自ら突出して、ことごとく戦死した。助右衛門も、子助十郎、又十郎ともども奮戦したが、討っても討っても迫る大軍に攻め立てられ、ようやく三ノ丸の門を閉めて、一と息ついた。

夜が明けて周りを眺め、はじめて思いもよらぬ大軍であることに気づいた。

「奮発してきおったな」

と、助右衛門はあきれたように、つぶやいた。

「これでは、せんない戦だ」

効果のない奮戦ぶりを自ら笑い、かつあたら多くを失ったことを悔やんだ。

一転して、専守防禦に切り換えた。

「死ぬなよ。一刻でも長く、この城を保つことだ」

助右衛門は叫んで廻った。

総勢、三百に満たない。それも大半、負傷している。

うまい策があるわけではない。攻められれば闘い、圧迫されても、郭の一つでも死守し、成政の大軍を引きつけておくことだった。それには、金沢から利家の援勢が駈けつけてくれることが前提である。

しかし、

〈果たして、利家はくるか〉

ということだった。

見渡すと、とり囲む敵兵のかなた、坪井山に佐々名代の赤備えの本陣が見える。その先にも、しきりにうごめく赤備えの一軍が見える。

敵は敵で、この末森の小城を囲むことによって、利家本軍の到着を待ち受けているらしい。

そんなところへ、利家がきてくれるかどうか。たとえ、到着したにせよ、こんな大軍を一朝にして蹴散らすことができるかどうか……。

そこへ、

「糧食蔵を奪われました」

という報告がきた。

卯辰の郭が陥ち、そこにあった五棟の糧食蔵が奪われたというのだ。あとなん日耐えねばならないのかはわからないが、糧食を奪われたということは、兵の士気に大いに影響する。

「そうか」

助右衛門は、ごく軽く答えた

「少しはあるだろう。少しあればいいのだ。なに、すぐに金沢からおん大将がやってござるわい」

が、不安がないでもない。だから、自分自身を励ます言葉でもあっただろう。

ところで、攻め手の佐々方は、なぜか攻撃をゆるめた。一揉《も》みに揉み立てれば、たぶん暇もとらせず落城したであろうに。

あとでわかったことだが、一つには後詰《ごづ》めの備えとして神保父子の一隊を置いたことでもわかるように、利家本軍の来着を待ち受け、二つには、いまにも城を明けて立ち退くかと思い、三つには、存外手剛《てごわ》く、手負いの猪を相手にするように、味方の士の疵つくことをおそれた。とにかく包囲して疲労させ、降伏を待とうとしていたらしい。

糧食蔵を奪ったという安心感もあったのだろう。

城方にしても、城の形態が、郭々がそれぞれ独立しているという利点があった。一つ陥ちてもつぎの郭に立て籠る、というふうに。もっとも、そんなことを続けているうちに、本丸の一郭だけになっていた。

一昼夜たった。

それでもなお、頑強に抵抗し得たのは、

〈信〉

ということだろう。

その信をつなぎとめたのは、思いがけなく、助右衛門の妻、安だった。

安は小袖をかいどり、鉢巻きをし、薙刀《なぎなた》を横たえ、薄がゆを手桶に入れて女どもにもたせ、一人一人の兵に手ずから汲んで飲ませて廻った。

「むかし、楠木《くすのき》とやらいえる大将は、日本国を相手に籠城したと聞いています。それに較べれば、たかが越中一国の敵、なんのおそれがありましょう。さあ、明日は金沢からわがとのが参りますよ。今宵一夜のことです。とのは必ず参りますよ」

こういって、間歇《かんけつ》的に攻撃してくる敵に備えて、塀に張りついたままの兵を力づけるのだった。

かの女は、平生ずいぶん温和《おとな》しい女性だった。

『甫庵太閤記』には、こうある。

「つねに心もいとしずかに、万《よろず》の事にものおそれをし、青柳の糸を欺くばかりなり」

兵たちは、一椀の薄がゆを飲み、安の励ましを受け、みるまに元気をとり戻すようだった。

助右衛門は驚き、そして一種の感激を覚えた。

「すまんの。おまえにまで心配かける」

青柳のようなその女性は、くったくなげに笑い、

「奥方さまの導きですよ」

といった。

利家の妻、まつのことである。

「奥方さまは、常々申しておりました。いざというときになると、女子のほうが度胸がある。殿御なぞというものは、あれで存外、神経がか細く、すぐに死のうといい出す獣《けもの》だから、女子がせいぜい力づけなくてはいけない、と」

「男が獣か」

「奥方さまが申していたのです」

「いや、責めているのではない。どころか、まったくそうかもしれぬ。わしも、この一郭に閉じ込められ、ひしめく大軍を見たとき、一度ならず、自害を考えた。が、最後の最後まで、とのの来援を信じて頑張ろう。たとえ、まに合わなくても、信じたまま、死ぬことにしよう」

「それがよいのです。いざとなれば、わたしも自ら果てることぐらい、存じています。いえ、あなたが討って下さるか」

安は依然、くったくなく笑っていた。

いっぽう、利家のほう。

末森からの急報が金沢城に達したのは、十日の夕刻である。末森を出てから、一日半もかかっている。

急使の報告がなくても、大軍の移動は風のように伝わるものだが、越中勢はあくまでも隠密であり、街道、村々の要所を閉じたので、情報は通じにくかった。それにしても、時間がかかりすぎた。

利家は、告らせを聞くやいなや、着甲した。そして、上帯をはらりと切った。討死の覚悟である。

まつは、とり急ぎ、ノシアワビ、カチグリに手ずから酒を温めて出した。

しかし、酒を注ぎながら、妙なことをいった。

「兵の集まりが悪うございますね。こんなとき役立つための人を抱えておかねばなりませんのに、あなたは近ごろ、金銀ばかりお貯えになるからでしょう」

「なに」

利家は眼をむいた。

じじつ、利家は金銀を集めようとしている。金、銀山の発掘や、貢銭の貯えなどが目立つ。

別に利家ばかりではなかった。もはや、領主たる者は、武威ばかりでなく、金銀を背景にした経済力が必要だということを、みな知りはじめていたのである。

が、出陣のいま、どちらかといえば、不謹慎な言葉といわねばならない。

「金銀がどうした」

気の立っている利家が、珍しく怒鳴り返した。

「いえ、金銀どもを召し連れなされ、槍を突かせられたらいかがかと思いまして。なんなら、金蔵から金銀をおもちいたしましょうか」

と、まつは平気でいい返す。

「猪口才《ちょこざい》。金銀はくれてやる」

あまりまつに対して怒ったことのない利家が、土器《かわらけ》を投げつけて激怒した。

『川角太閤記』によると、

「不慮なる夫婦いさかい出来《しゅったい》す」

という光景である。

利家は激怒したまま、ほとんど一騎駈けのようにして、金沢城を出発した。そのさまは、かつて信長が桶狭間戦で城を駈け出したさまを彷彿《ほうふつ》とさせたが、もともと利家は、信長門下の優等生なのだった。

まつはその後ろ姿を見送って、そっと両手を合わせた。少々、あくどくはあったが、亭主を発奮させるつもりにほかならない。

利家が夜中、津幡の城に着いて休息していると、おいおい軍勢が集まってきた。松任城主の嫡子利長の一隊も追いついた。

急ぎ、軍議を催したところ、津幡在城の衆は、こう進言した。

「もはや末森は陥ちたかもしれません。末森は捨て、当所を固め、秀吉公の出張を待つべきではありませんか」

利家はいきり立った。

「なんで奥村らを見殺しにできようか。そもそも、わしは若年より成政と争って、かってておくれをとったことがないのだ。いやなやつは残れ、わしは小姓、馬廻りだけでも連れていく」

津幡衆は利家の勢いに畏れて従った。

戦国のその時代も、強剛の士ばかり揃っていたわけではない。げんに、鳥越を守る目賀田、丹羽らは、越中の大軍侵入との報を聞いて、あわてて城を捨てて逃げ出したし、能登衆は連絡を受けながらも、利家の来援はないかもしれないと考え、長連竜の一隊を除き、出陣をちゅうちょしていた。

武士であってもなくても、ときに臨《のぞ》んで強弱が出る。そんな連中を率い、どう強く働かせるかが、武将の格であり、力というものだった。

たまたま、津幡の城に占いを見る山伏がきていた。津幡衆はその占い師を呼び、吉凶を判じたいと願った。

利家はその山伏に、声を励ましていった。

「とにかく、わしは後巻《うしろまき》するぞ。しっかり卜《ぼく》せよ。もし凶事ならば、叩き切るぞ」

山伏はおそれ、開こうとしていた卜書を収《しま》って、応えた。

「時も、星も、よく候。とくとく御出馬」

「よろしい。絶好なる卜筮《ぼくぜい》である」

にっこり笑った利家は、はや馬にまたがった。


そのころ、軍勢は二千五百ばかりになっていた。

先鋒には村井又兵衛。以下不破彦三はじめ、麾下には剛勇の士がいた。ほとんどが、百万石創成にあずかって力あった連中である。

前田慶次郎も先鋒三番手にいた。おりからヨコネを患い、留守を命じられていた篠原勘六まで駈けつけた。

のち福島正則に仕え、豪傑の名をほしいままにする可児才蔵《かにさいぞう》も、馬廻りのなかにいた。かれはのちのちまで、利家のことを、

〈わが根本の主君〉

といっている。

そして、利家の馬印、鍾馗《しょうき》の幟。一軍は粛々と浜街道をとった。

霧雨が降り出した。

行く手の川尻には、敵の神保勢三千が伏せられているという情報が入っていたので、物見をやったところ、

「敵兵あまた、河中にたむろしています」

ということだった。

利家は怪しみ、さらに富田六左衛門を物見に出した。かれは旧姓山崎といい、兵法のうえからは富田景政の弟子だったが、景勝が賤ヶ岳で戦死したので、富田家へ聟養子に入った。のちの兵法名人、富田越後守重政《えちごのかみしげまさ》である。

六左衛門は油断なく見届け、報告した。

「敵兵一人もなし。河中の人影というのは杭です」

直ちに進発である。あるいは、霧雨が味方したのかもわからない。前田勢は神保勢が待ち受けているはずの川尻を、難なく渡り、十一日の未明、末森間近の今浜というところの砂山に陣取った。

利家はあわてない。山陰で一同に腰兵糧を使わせた。

まず、村井、不破の先鋒をひそかに右翼から進ませ、それから静かに砂山へ馬幟を立てさせた。

おりから空は晴れ渡った。東雲《しののめ》の朝風に、鍾馗の馬幟がひるがえった。

そこで利家は、どっと鬨《とき》の声を上げさせた。鬨の声は、静寂だった戦場一帯に轟《とどろ》き渡った。

むろん、末森籠城の士の耳にも、しかと響いた。よく見なれた馬幟の輝きも、望見した。すかさず、歓喜をこめた鬨の声が、たった本丸一郭になった末森城からも応えてあがった。

佐々勢にとっては、地から湧いたような敵勢だっただろう。赤備えの本陣が揺れた。

それでも、心得て鬨の声を合わせた。

このときすでに、先行していた村井又兵衛ら先鋒は、大手口に向かっている敵の横合いから攻めかかり、息もつがせず、揉みに揉んで闘った。

一瞬にして、乱戦になった。敵味方入り乱れるなか、又兵衛は敵の先手の将、佐々平左衛門を討ちとった。もし、縁組みが本当に行なわれるならば、礼装で相まみえるはずであったろうに。

利家、利長の本隊は、搦手《からめて》の長坂から攻めかけた。小姓篠原勘六、富田六左衛門らは、槍を突き入れ突き入れして進んだ。

おりを見計らっていた城兵も、どっと突き出した。可児才蔵はこのとき、助右衛門の子助十郎に助勢し、佐々勝五郎という者と闘ううち、槍の柄が折れた。楼上から眺めていた助右衛門が、すかさず槍を投げ与えたので、相手を討ったという一幕もあった。

末森城を十重《とえ》、二十重《はたえ》にとり巻いていた大軍が、うたかたのように崩れた。戦闘時間はそんなに長くなかったが、前田勢のあげた首級は、七百五十余におよんだ。

大勝である。

利家は馬印をかざして、入城した。果たして城といえるかどうかもわからない。破れた塀が、やっと倒れずに立っていた。

そんなところで、頑固者の助右衛門が、顔をくしゃくしゃにして出迎えた。

利家はその肩を擁し、

「よう耐えた、よう耐えた」

となんども叫んだ。

やがて、助右衛門がぽつりといった。

「女房のおかげですよ」

「女房どのと」

「はい。よう頑張ってくれました。もっとも、もとをただせば、奥方さまのご薫陶のおかげでありましょう」

「まつか。あの、出過ぎ者めが」

利家はつぶやき、しかし、顔はもう憤っていない。近づく安に、和やかな会釈を与えた。

巳《み》の上刻、利家は追い討ちにはやる一同を押さえ、勝鬨をあげさせた。それがこの一勝を、確実にさせるものだったし、戦闘の終息を宣言するようなものだった。じつは、坪井山の成政本陣は無傷でいる。利家の軍勢を、迂闊に通してしまった神保隊三千も、駈けつけてきている。

利家のほうも、加賀、能登から集まってきた軍勢で、八千にもなった。雌雄を決する本戦を行なうなら、この直後であるはずだった。

佐々勢は陣容を立て直し、明らかな攻撃の隊形をとった。三蓋笠《さんがい》の馬印、赤備えの旗幟、武具が輝き、見事なさまである。

前田勢は五段構えに陣形をとり、粛として佐々勢の仕掛けを待った。

「きますかな」

助右衛門が利家にいった。先陣には、いまや遅しとはやり立つ村井又兵衛らの姿が見える。

「いいや」

利家がはっきりといった。

「あいつ、攻めかかれまい」

長いようで、短い対峙だっただろう。俄《にわ》かに、赤備えの佐々勢が、くるりと反転した。しずしずと、一隊また一隊が、越中さして引き揚げて行く。

「見ろ、わしはかつてあいつに負けたことがないのだ。だれよりも、あいつがよく知っている」

利家ははじめて、嬉しそうに笑った。

利家もしかし、あえて追おうとはしなかった。せっかく上げた勝鬨を、大事に大事にする風情だった。

佐々《さっさ》成政《なりまさ》ザラ峠

一

利家にとって、

〈末森の役《えき》〉

とはなんだったのだろう。

『石川県史』の編者日置謙は、『前田氏戦記集』のあとがきでこういっている。

「佐々氏と前田氏とのいずれが北陸道に覇を称えるかを決するための緒戦になるものであった。而して、それが直ちに利家の利運に帰したことは、規模の大小の差こそあれ、徳川氏が関ヶ原の一戦に、二百数十年の基礎を築いたと全く類似するもの」

つまり、百万石の前田氏が成立するための〝関ヶ原〟だったというわけだ。

利家自身、この末森の勝利を、生涯の名誉とし、自慢にさえしていた。

こんな話がある。聚楽第《じゅらくだい》で諸大名が寄り集まって、戦話《いくさ》をしていた。それまで誇らしげに戦功を語っていた上杉景勝に向かい、利家はこういった。

「それがし、能州末森の後巻《うしろまき》いたし、佐々成政が兵を追い崩し候儀、御辺の御働き合せては、莫大の功たるべきと存候」(『可観小説』)

それを聞くと、さすがの景勝も黙ってしまったという。

いっぽう成政である。

かれにはさほどの敗北感はない。敵地に乗り込んで行き、増援軍が現われたから引き揚げたにすぎないと思っている。

たしかに、ここ一両年、加能国境で行なわれている小競《こぜ》り合いの一つにすぎない。

が、一局面の戦闘の勝利であっても、ことさら謳《うた》いあげ、誇大に伝えられることの効果は大きい。成政は気づかなかった。ほんの小手調べだったと思っている。

じっさい、成政の越中領に、前田氏の進出箇処はない。それに対し、利家領の加賀鳥越、能登荒山には、成政の拠点がある。

〈戦いはこれからだ〉

成政はこう考えていたのである。

末森の役後一カ月、戦線はふたたび動きはじめた。こんどは、前田方が積極的だった。

十月十四日、利家は鳥越城に手を出した。弱小の兵を示して、城兵を外へおびき出し、伏勢をもって撃つ作戦だったが、佐々方の守将久世《くぜ》但馬守《たじまのかみ》は、固く士卒をいましめ、軽々しく乗ってこなかった。

十月二十六日、こんどは袋井隼人の守る荒山城を攻めさせた。攻め手は七尾勢の青木善四郎、大屋助兵衛、高畠定吉らで、ついに袋井を敗走させた。

利家は定吉に荒山を守らせた。一つ、とり戻した恰好である。

成政はしかし、まだ楽観していた。

「あそこなら、いつでも取り返せる。それどころか、いっとき敵の兵を釘付けにしておくのも手だ」

ところが、十一月のはじめ、越後と国境を接する境城へ、上杉景勝の兵が襲った。土肥政繁を先鋒として、およそ三千。

城将益木中務丞から、しきりに救いを求めてくる。なかなか苦闘の模様だ。

上杉勢に対する増援部隊は、あらかじめ組織されていた。織田信長生存中から上杉は敵であり、成政自身、その先手として越中へ進出したというそもそもの関係がある。

いまもって、越後に対する用心は怠りない。

成政はしかし、いったん増援の派遣を考えながら、進発の命を出さなかった。

いうまでもなく、西の方、

〈前田勢の動向〉

なのだった。

かつて、成政は利家とともに、故柴田勝家の麾下として、上杉勢に当たっていた。

いまは違う。孤立した成政だけの敵である。

〈東西挟撃してきたな〉

成政はとっさに気がついた。じじつ、上杉景勝は利家と同盟を結んでいた。中央の秀吉に屈伏した景勝としては、与党利家と組むのは当然であり、ばかりか、どさくさにまぎれて、以前上杉の領下にあった越中領を奪おうという魂胆もないではない。

〈やめよう。ここは一つ、辛抱して様子を見よう〉

成政はいまにも進発しようという増援部隊を前に、沈んだ声でいった。そしてむしろ西の方、前田勢の動きをより注視することにした。

境の城兵は孤軍奮闘、よく戦った。が富山からの増援部隊は待てど暮らせど、やってこなかった。

ついさきごろの末森の戦いにかたちは似て、しかし趣きを異にしていた。末森には急ぎ駈けつけた本隊と城兵の信があった。境城にはそれがなかった。

城兵の脱走があいついだ。城将益木はついに人質を出して和を求め、城を上杉勢にゆだねた。

悄然《しょうぜん》と引き揚げてきた益木に、成政は、

「無事に戻って、なにより」

といった。

案に相違して、平生すぐに見せる怒気はなかった。なにか優しく、薄気味悪いくらいで、益木はただただ恐縮した。

「本当の戦は、そのうちにはじまる。それまで、体をいとうておれ」

成政はこうもつけ加えた。

このさい、一城一村の損失など、眼をつむろうというのである。そのうちはじまる戦こそ、成政が全軍を率い、利家軍を壊滅させるときなのだった。

そしてその待望の根拠は、中央での秀吉、家康の一大決戦である。とぼしい情報ながら、両実力者とも動きを停めている。和解への道を探っているという噂もある。

〈そんなはずはない〉

と成政は考えるのだ。

〈必ず決戦は起こる。ふたたび戦国乱世の時代がやってくる〉

と。

数日後、上方に出してあった忍びが戻ってきた。数人のうちの一人である。

他の者は前田領、あるいは上杉領で捕らえられるか、斬られるかした。前田領の如きは、要所要所に関を設け、なかなか厳重な警固のようで、かれは白山《はくさん》山麓を廻り、越中五箇山《ごかやま》からようよう辿り着いたのだという。

その忍びのもたらした情報はしかし、一瞬にして成政の希望を打ちくだくものだった。

「信雄卿、秀吉どのと和睦成立」

というしだいである。

信雄は秀吉の働きかけに妥協というより、屈したのだ。十一月十一日のことである。

「そんなばかなことがあるか」

成政は髭面をふるわせて怒った。

越中の一隅で、ひたすら待った秀吉・家康の全面戦争は回避されつつある。

「徳川どのは、どうだ」

「いまだ和睦はなさりませせぬ」

忍びは答えた。

「さもあろう」

ただ一筋の望みが、まだそこにある。

「ここはどうあっても、徳川どのに進言し、戦を起こさねばならん」

成政は周囲をかえりみながらいった。

「そもそも、徳川どのが黙っているのは、諸国にお味方する者がいないせいだ。われらが北陸の一角に敢然と立ち、前田めを撃ち破れば、上杉だとて敵対はしまい。元来、上杉家は徳川どのや秀吉と同格、いやそれ以上なのだ。なんで秀吉づれに従っていようか。中国の毛利も動く。四国、九州も黙っていない。なんとしてでも徳川どのを動かし、われらがそのさきがけとなるのだ」

激情していい、いいながら昂奮していた。

そんな見方はなくもない。が、猿面冠者《さるめんかじゃ》の秀吉に、そうやすやすと天下を取らしてたまるか、という恨みが強すぎる。秀吉に対する恨みは、直ちに利家に対するものである。

実状はしかし、もはや秀吉と家康は対立者とはなっていなかった。たしかに、秀吉にとってもっとも恐るべき相手は家康だが、戦乱に飽いたのは、人民だけではない。そこまで勝ち残ってきた武将たちもまた、これ以上、生死を賭ける戦を避けたい心境になっている。

ここらあたりで、天下人を定め、落ち着きを得たいのだ。そして、その天下人がとりもなおさず秀吉ということだった。

譜代どころか、子飼いの士さえほとんどいない秀吉にとって、これら武将の意向は重要である。かれらは必ずしも氏素姓のない秀吉に心服したわけではないが、とにかく平穏が欲しかった。

こうして、秀吉は信長の遺産のうえに立って、天下人の座に着こうとしている。つまり、秀吉と家康は実力はどうあれ、もはや対立すべき存在ではなかった。家康その人でさえ、とりあえず、秀吉に天下をまかしておこうという気になっているようだった。

が、北陸の一隅で、情報に閉ざされて住む成政は、まだまだ天下の情勢は流動的だと、半ば希望をもってそう信じていたのだ。

重臣の岩田勘右衛門という者が、

「ごもっともな話でございます。なれども」

と切り出した。

「徳川どのを動かすのは、どなたでございますか。お聞き及びのとおり、西も東も警固厳重にて、身軽な者しか上方へ参れませぬ。身軽な者はまた、たとえ徳川どのに会うことができても、おのずから進言は軽々しくあつかわれましょう」

「だから」

と、成政は上気した顔でいった。

「わしが、行く」

「お館《やかた》が、ですか」

「そうだ」

「お館が参られるにこしたことはございませぬ。が、どうやって」

「考えがある」

その口調は凜《りん》としていた。

どうでも自ら家康に会い、和解に傾きつつあるらしい心事を、翻意《ほんい》させねばならなかった。

その日、亀谷吉郎兵衛という軽輩の士を呼びつけた。

この男は、もと禅僧で玄同といった。日本六十余州、くまなく歩き廻り、足跡を印さないところがない。

ことに、北国の地理に明るかった。深山幽谷、間道の小径に至るまで通じている。

玄同を還俗《げんぞく》させ、近習に加えておいたのは、なにもこのためという明確な目的があったわけではない。けれども、この男を思い出したとき、

〈家康との会見〉

が、直ちに実現できるという確信になった。

成政は吉郎兵衛に尋ねた。

「立山《たてやま》を越え、信州、遠州に出る近道はないか」

吉郎兵衛は答えた。

「下諏訪《しもすわ》へ出る道は、両三度通った記憶があります。ただし、たいそうな難所で、人間の姿はありません。そこで見る山岳は天に連なり、夏といえども雪絶えず、むろん道もありません。ただ岩石をよじ、深い谷は藤や葛《かずら》を伝って渡るのです。火が燃え、湯水の噴き上がるところもあり、とても言葉には尽くせませぬが、まったく踏破できないわけではありません」

「そうか、行けるか」

成政はわが意を得たようにうなずき、

「されば、山越えして信州、遠州に至る先導をおまえに命ずる」

「ご命令とあれば参りますが、先導と申せば、ほかにだれか参るのでありましょうか」

「むろん」

「どなたでございます」

「わしだ」

「え」

吉郎兵衛は突然のことに、少し驚いたようだった。

「それならお一人ではありますまい。ご人数はどれくらいになりますか」

「そうさな、百人もあればいいか」

成政のいう百人とは、家康の前へ出たさいのかれの容儀だった。身すぼらしく、二、三人連れでは進言するにも重々しさがない。

が、吉郎兵衛は用心のための人数ととっている。

「ご人数は多ければよいものではありません。屈強な者数人あればよろしかろうと存じます。あとはただ、足手まといになるばかりです」

「いや、どうあっても百人は連れていかねばならんのだ」

「それはまた、大掛かりなことでございますな」

と、吉郎兵衛はいくぶんの不安顔で訊ねた。

「して、いつでございます」

「あすにでも、だ」

「なにを仰せられます。夏ならともあれ、厳冬のいま、軽々しく山越えなど、できるものではございませぬ」

「いいや、やる。やらねばならんのだ。それに」

成政の大きな眼がきらめいた。

「いやといえば、うぬを斬る。わしは生死を賭けているのだぞ」

「心得ましてございます。手前も命を差し上げますでございます」

吉郎兵衛は答えた。成政の威勢は、じっさい巌《いわお》をも砕くものがあった。

二

成政は冬季の中央山岳、こんにちの〝日本アルプス〟越えにつき、前田方にその行動を知られることをもっとも恐れていた。

もし、前田方に知られるにしても、十日はかかるだろう。その真偽を確かめるのに五日、留守を狙って軍勢を出動させる準備に五日は必要だろう。

つまり二十日である。その間に往復しなければならないと算定した。

屈強の士ばかり、ほぼ百人を選んだ。まだかれらにはどこへ行くのか、知らされていない。

領内の出先の城や砦の視察ということになっている。服装もさほど改まった様子はない。冬季なので、それぞれがいくぶん厚着をしただけである。

それだけではない。いよいよ出発という十一月二十三日、成政急病の噂が流れた。噂の出所は城内である。成政は近習の者十人ばかりに起請《きしょう》を書かせ、膳部は三度三度、病室に運ばせるよういい含めた。

一隊の者はしかし、城内にとめおかれていた。夜中になって、やはり出発だという。急病の成政に代わり、岩田勘右衛門が馬に乗り、

「さあ、出発だ」

といった。

成政はこのとき、先導者吉郎兵衛ほか数人の近習と、一隊が出発して行くのを、眼《ま》深《ぶか》にかむった頭巾《ずきん》の中から、路上で見送っていた。

だれも気づかない。

「われらも行こうか」

成政は歩き出した、富山城からおよそ四里、常願寺沿いの岩峅《いわくら》で一同と落ち合うことになっている。

そこは立山の神、雄山《おやま》神社の前立《まえだち》社壇のあるところで、岩峅寺がある。

「後悔なさいませぬな」

吉郎兵衛がこういい、先に立った。

「するものか」

成政は闇の中で、大声を出した。

じつは、気がかりなことが一つ、ある。それは、早百合とよぶ側妾のことだった。

かの女は新川郡に住む郷士の娘で、北国の雪に洗われたような白くすき透るほどの肌をもち、触ればいまにも折れそうな肢体である。いかにも雪国の女らしく、荒くれ武者の成政はたいそう気に入っていた。

その早百合が懐妊したらしいという。男児のない成政にとって、それは浮きうきするような嬉しさだった。

「体をいとうのだぞ」

成政はねんごろにいい残してきた。

〈帰れば、腹のふくらみもわかるのではないか〉

と、こんどの成功になぞらえて考えていたのである。

が、いったん富山城下を離れると、もう女への思いも、後嗣への期待も消えた。ひたすらこの行に賭ける意気込みが、五体にみなぎった。

小人数の成政らは、先に岩峅に着いていた。待つ間もなく、一同が到着した。かれらはいまどき岩峅へきたことに、一様に不審の思いを抱いている。

篝火《かがりび》の陰から、成政がぬっと、出た。頭巾をとり払った。

「お館だ」

一同はどよめいた。そのなかで、

「山越えして、遠州へ参る。死んでも行くのだ」

短い演説が終わった。

すでに、吉郎兵衛によって、冬山を歩くための品々、笠、蓑《みの》、胴着、カンジキなどが支度されてある。

一同は驚き、しかし、たちどころに覚悟を定めた。

成政はたしかに、荒々しい武将であり、ときに無理をしいた。が、それは強弱の差こそあれ、戦国武将おしなべての特徴である。

が、かれの誇張された性向とは別の面もあった。

荒れ河といわれた神通川や常願寺川の治水工事、渡船場の設置、荒野の開墾、城下町の整理など、かなり領内の治政に尽くしている。また雄山神社はじめ、神社仏閣の修理、保護を行なった。

むろん、家来たちにも、厳しさとともに、温かさも見せた。生涯は不運の一語に尽きるが、やはり一方の旗頭であったのは事実である。

だから、唐突なことながら、一同は勇んで従った。わけは聞かなくても、およその察しはつく。あとはただ、一同で冬季の日本アルプスを越えるという壮挙を、成し遂げるだけだった。

かれらの無謀とも思える行動は、

〈沙羅沙羅越え〉

とよばれる。

いまの〝ザラ峠〟を指すらしい。浄土山の南、五色ヶ原の北端である。

〝佐々成政、ザラ峠〟

といったはやし言葉も残っている。

道程はたぶん、岩峅寺、芦峅寺《あしくらじ》、立山温泉、ザラ峠、平ノ小屋、針木峠、籠川渓谷、信州野口村に至る道、というものだろう。

これは諸書によって地図をなぞるだけだが、じっさいには聞きしに勝る難所だった。立山連峰の寒気は厳しく、積雪はしだいに深くなった。早いうちから、用意のカンジキを履《は》かせたが、一同の足の歩みは遅々として進まない。

先導吉郎兵衛とともに、先頭に立った成政だけが、ひとり一同を叱咤激励した。

「それ歩め。しっかり足を踏め。雪などに負けるな」

耳鼻をひしぐほどの吹き荒《すさ》ぶ寒風の中で、かれは怒鳴った。

むろん、負けてならないのは雪ではない。秀吉であり、利家である。かれはその面影を雪中のかなたに浮かべていた。

なん日目かに、湯谷川の温泉に達した。一同は湯にひたり、一息ついて日和《ひより》を待った。

また雪中行軍がはじまった。ほとんどが凍傷にかかっていたし、凍死者が日に数人は出た。

脱落者も出た。それはとりもなおさず死を意味した。

ある日、雪崩《なだれ》に遭った。十人近くが、いちどきに死んだ。笠が雪の上に浮かびつ沈みつして、流れて行った。

それからは、遠くの雪崩の響きにも胆《きも》を冷やした。あまり眠れず、眠ればそのまま死につながった。

が、吉郎兵衛の案内は、さすがに正確だった。途中、行く手もわからず、いたずらに一同を引きずり廻しているとしか思えないこともあったが、

「ごらんなされ、カモシカでございます。あれが見えれば、もはや麓《ふもと》は遠くありませぬ」

と、峠と覚しい一つの雪塊を越えたところで、吉郎兵衛がいった。

いかにも、切り立った谷の向こうに、つくねんと動かぬ獣の姿が見えた。思いなしか、雪が少なく見えた。

信州へ出たのは、それからまもなくのことである。かれらの日数計算は正しく、十二月朔日《ついたち》だった。

成政は直ちに、岩田勘右衛門を先行させ、浜松の徳川家康のもとへ成政到着を告らせた。家康は驚いたに違いない。が、府中まで乗馬五十頭をつけ、迎えを出した。成政一行のための宿の手配や着替え、それに心尽くしの酒肴など、すべてに行き届いていた。

〈徳川どのは歓迎してくれている。話はうまくいくに違いない〉

と成政は思った。

一行は風は寒いが、北国では見られない陽差しを浴びて、東海道を歩いた。もはや雪中の労苦は消せた。

ただし、人数は五十に足りなかった。だからせっかく届けてくれた乗馬五十頭のうち、数頭はカラ馬だった。

浜松城に着くと、重だった家来たちがつぎつぎ出て迎えた。もっとも、成政にはそれらのほとんどが初対面だった。なんどか戦場をともにしたことはあるが、遠くから垣間見るだけで、言葉をかわしたこともない。

一人がにここと名乗った。

「榊原康政《さかきばらやすまさ》でござる」

「おお、そこもとが」

成政は大きくうなずき笑みを返した。

康政はさきの小牧・長久手の役で、秀吉の主筋に背《そむ》く不義暴逆をののしり、ために秀吉から首に十万石の懸賞金をかけられた男である。

働きのほどは詳しくわからない。が、秀吉をあからさまにののしったというその一事で、成政は康政という男を気に入っているのである。

家康の前へ出た。家康それ自体、成政にとっては初対面のようなものである。

思えば、親しく口を利いた覚えはない。が、かれの胸のうちではもっとも信頼できる男であり知己の人になっていた。

「ようこそ見えられた」

家康がくりくりとした眼を向けた。

その言葉で、成政は五体からいっぺんに力が抜ける安堵の思いになった。とうとう望みをかなえられる一瞬がくるのだと思った。

「雪の立山を越えられたのじゃそうな。鬼神の振る舞いかと、われら感じ入っています」

「四面敵でございますれば、お屋形さまにお会いするには、それしかございませなんだ」

「それはそれは」

家康はほとほと感じ入ったように、なんどもうなずいた。

そこで成政は、一と膝進め、そうやって浜松にきた趣旨を述べた。

秀吉が主家の恩を忘れ、信雄に敵対したこと、ばかりか、大納言の位を強要し、大坂に巨城を築き、すでに天下人の面構えでいること、いまこそ家康が立って反秀吉党を結集し、秀吉を撃ち滅ぼすべきこと、そのおりには、不肖成政は真っ先に立ち、まず秀吉の与党である利家を撃ち砕いてみせること……。

その一つ一つに、家康は大きくうなずいた。

「さすが名にし負う陸奥守《むつのかみ》（成政）どのじゃ。なかなか豪儀なことです。感じ入りました」

家康はこういい、しかし、

「われらもその節には、大いに戦うつもりです」

とつけ加えた。

言葉そのものには、なんの変哲もなかった。が〝その節には〟というあたり、どこか他人まかせなような気がした。

〝その節〟というのは、ほかならぬ家康が作るべきはずではないのか。

冷静に考えると、家康はなにも自分で仕掛けるとはいっていない。

〈信雄が立つならば〉

という意味である。

昂奮気味の成政はしかし、家康の〝大いに戦うつもりです〟という言葉だけでたいそう満足した。

成政は歓待の礼を述べ、それから清洲に向かい、信雄の機嫌伺いに行った。むろん、秀吉挟撃のための決意も述べた。

信雄は律儀な成政来訪を喜び、しかし、

「徳川どのが立ってくれるなら」

といった。これまた人まかせの感があった。

成政はそれにもさして気を留めなかった。天下の形勢は、まだまだ流動的であり、機会は必ずくる、と信じた。

一行はふたたび山を越えた。帰途はさらに雪が深かった。また死人が相ついだ。湯谷の温泉まできて、ようやく一と息ついた。野天の湯へ、成政は岩田勘右衛門と一緒にひたった。

ふと、勘右衛門がいった。

「徳川どのは、いったいなにをして下さるのでありますかな」

成政は突然、無口になった。思えば、なに一つ、具体的な話がなかった。

すっかり口を閉ざした成政が、富山へ辿り着いたとき、年は押しつまっていた。人数はさらに減って僅か十余人にすぎなかった。

そんな成政を待っていたのは、かれの男児をはらんでいたかもわからない早百合の死という事実だった。

「早百合、早百合……」

成政は髭面に涙を浮かべ、なんどか虚空に叫んだ。それはそして、こんどのせっかくの壮挙を無為にしてしまう兆しのように思われた。

果たして、年が明けるとすぐ、いつかの忍びがやってきて、つぎのように伝えた。

「徳川どのは、旧臘《きゅうろう》、秀吉方と和睦なされましてございます」

あのときすでに、家康は秀吉との和睦をすすめていたに違いない。冬山踏破という壮挙が、いまや完全にこっけいな暴挙になったことを、成政はいやでも思い知らされた。

不思議なことに、かれはあまり腹を立てなかった。城の櫓から、ひとり、眼下の神通川の流れを見下ろして、少し笑った。

三

多難だった年が暮れ、天正十三年の正月を迎えた。

この年、利家は四十八歳になる。長い戦陣暮らしのうちで、数少ない平穏な春といってよかった。

末森の大勝で、悍敵《かんてき》佐々成政を退け、北陸で安全な立場に立った。ばかりか、上方を収めた盟友秀吉が、やがて大軍を率いて越中平定にやってくるはずである。

〈それまで、軽々しい挙動はつつしむように〉

と秀吉は何度も念を押してきている。

つまりは、利家のほうからは攻め込まず、ただ秀吉来援を待っておればいいのだ。

むろん、油断していていいわけではない。長い国境いの防備を固めるだけでなく、いつでも攻め込むことのできる勢いを示しておかねばならない。

じっさいには、利家単独での越中征伐は容易でない。が、

「わしの手勢でもやれぬことはないが」

と、ときに冗談をいったりする。

「あの男に平定の功を譲ってやらねば」

秀吉のことである。その秀吉は、かつて中国攻めのおり、すっかりお膳立てをしたうえで、総大将信長の出馬を乞うたことがある。手柄を独占して、不要の疑いやねたみを買わないための配慮である。

利家は秀吉に対し、とくにそんな配慮が必要とは思わない。けれども、

〈おれがやった〉

という満足感を与えるのは、けっして悪いことではないだろう。

そんな気持ちは、覇者に対するおもねりと考えられないことはない。利家は冗談をいいながら、いまや秀吉は盟友ではなく、担ぎ上げる神輿《みこし》のような存在になっているのを、いやでも悟らずにおれなかった。

それにしても、平穏は平穏だった。参賀の家臣たちの面上にも、北陸の雄として自立し得た安心感と喜色がうかがえる。

かれらはなにも、利家が天下の覇者になることを希《ねが》っているのではなかった。女房、子供が安心して暮らせる安定した、

〈大名の地位〉

を願っている。

その地位がほぼ確かめられた正月である。みな上機嫌で酒を飲み、謡《うた》い、舞った。

家臣たちの数も、ずいぶん増えた。仕官した年代順に、いつとはなく、

〈荒子衆〉

〈府中衆〉

〈新座衆〉

とよばれるようになっている。

荒子衆は、前田家発祥の地、尾張荒子以来の士だし、府中衆は利家がはじめて大名になった越前府中で召し抱えた衆である。いずれも、譜代の士といっていいだろう。

新座衆は能登七尾や加賀金沢で召し抱えた新規の者たちだが、能登地侍だった長連

竜、柴田勝家の遺臣徳山五兵衛、利家とともに府中で大名だった不破彦三など、一口に新規者といってすまされない者もいる。

まずまず、隆盛に向かっているといってよかった。

賀宴が果てるころ、富田景政が遅れてやってきた。この兵法者はいわゆる府中衆の一人だがいつも厳粛な顔つきをし、立ち居振る舞いがたいそうひかえ目である。利家はだから、いま現われたのではなく、ひっそりと飲んでいたとばかり思っていた。

景政は馬廻役の養子六左衛門重政に眼もくれず、利家の前へ出て、

「面白い話があります」

といった。

この男の面白いというのは、たいがいおもしろおかしの話ではない。不可解ないし信じられぬ、といった意味合いである。

どちらかというと、秘密に属する事柄だった。利家は景政の顔色を読んで、座を立った。

広間から廊下の冷たい板を踏み、茶室へ渡ったが、景政はそよとも足音を立てずに

ついてきた。

「さて」

利家が立ったまま、手ずから明かり障子をあけ、白々と積もった雪景色を眺めた。

人気がないか、確かめたのである。

「いまほど、上方へ出してあった者が戻って参りました」

「うん」

利家はうなずいて、いったんあけた明かり障子を閉めた。

上方へ出してあった者とは、忍びの者を指す。

前田家にも、当時いずれの大名でも抱えていた忍びの一団があった。とくにこれを、

〈偸組〉

という。

この卑しめた呼称で、忍びの者たちの地位が想像されるが、そうかといって、かれらをまだまだ必要とする時代だった。

多くは天正九年の伊賀の乱で、伊賀の国を出て四散した伊賀者である。それに、地元の者もまじっている。

いずれも身軽で、足が疾《はや》い。多少の変装術も心得ているし、諸方の情勢や人脈にも通じている。

戦になると、目立たぬところで働く。近くは、石動山攻めに忍び込んで、山中の堂塔を焼き払って奇功を立てたりした。

かれらはほぼ五十人いて、ほかならぬ景政にあずけられている。

景政は忍びのもつ習俗、たとえば、隠微さ、秘密性、非人間性を強要する掟などを好まない。表にあらわれた身のこなしにしても、かれが幼いときから身につけた兵法とは、一見似ていながら、根本でまったく相容れなかった。

景政はしかし、その呼称がどうあれ、一人一人の人間を卑しめることがなかった。ごく通常の士としてあつかい、ことを命じ、報告を受けることにしていた。

かれらは景政に心服した。どうかすると、向背常なしといわれているかれらだが、景政になついている。

むろん、かれが兵法の達人であるということと無縁ではない。

術技にたずさわる者は、なんであれ術技の熟達者にあこがれるものなのだ。

その意味では、〝偸組〟の差配はなかなかの適任者であったかもわからない。

「佐々どのが、立山を越え、浜松へ参ったそうです」

「いつ」

「暮れの二十五、六日でありましょうか」

「雪の中をか」

「はい」

「ほう」

利家は感に入ったように唸り、にっこり笑った。

〈なかなか、やる〉

といった思い入れである。

それに、どこか間の抜けた滑稽さを面白がる笑いでもあった。

「で、徳川どのは」

「思い立つことあらば、ずいぶん加勢いたすべし、と答えたそうです」

「思い立つことあらば、か」

と、利家はげらげらと笑い出した。

「思い立ったから、せっかく山越えして行ったのではないか。聞きしにまさる老獪《ろうかい》な仁だな」

利家には、むしろ強悍な猪武者《いのししむしゃ》の成政を不憫がり、老獪な家康をなじるふうがみえた。

「二十五、六日というと、すでに秀吉どのとの和睦のため、於義丸《おぎまる》（秀康）を大坂へ出したあとではないか。それでいて加勢しよう、というのか」

と、利家はひとりでおかしがった。

「そのほうも、ときには本当に面白い話をもってくることがあるのだな」

「いかにも、面白い話です」

景政は笑いもせず、こう相槌を打った。

「が、笑ってばかりはおられぬ。こちらからも一つ、面白い話を進上しなければなるまい」

「そうですな。はて、なにがいいか」

景政は少し考え、

「菊池入道どのはいかがです」

といった。

入道とは、阿尾《あお》の城主、菊池武勝を指す。南朝の遺臣、肥後の菊池武時の後裔で、はじめ上杉謙信に屈して越中にき、信長に対して功があったが、佐々成政が越中を領すると、その与力になった。いわば、越中の有力地侍の一人である。

聞くところによると、たまたま成政に屈してはいるが、必ずしも本意でないらしい。成政や地侍神保氏張らに圧迫され、領地や勢力を削られているのが不服だというのである。

それに、阿尾というところは、越中とはいいながら、能登半島基部の東側の海辺にあり、もっとも近接している。

この菊池武勝を、

〈調略〉

して、寝返らせようというわけだ。

「そいつは面白い。内蔵助（成政）の山越えほど豪儀な話ではないが、小股をすくうぐらいの効果はあるだろう」

「心得ました。やってみましょう。ただし菊池入道どのは、佞人《ねいじん》であるとの説がもっぱらです。佞人であるかないかは、よく見なければ、判断できません。また、そのような噂がある者でなければ、調略はできないものです。そこのところを、ご承知下さい」

「わかった」

利家はうなずいた。

入道が寝返ったあとの身分保証が要る。寝返ったからといって、表裏者の印を押してはならない、という進言である。

「働きを見て、取りはからうようにしよう」

「では、ぼつぼつ、かかることにしましょう」

景政は一礼した。

「待て」

利家は風炉《ふろ》の前に坐った。

「せっかくここへ参ったのだ。茶はどうか」

「畏れ入ります」

「わしも一服、所望したいところだった」

参賀の士とともに、飲んだ酒が、いつになく過ぎたのかもしれなかった。そんなことをいいながら、利家はさらさらと茶を立てた。

「不調法でございますが、頂戴いたします」

景政は茶碗を戴いた。

「なに、ここは気楽にしていいのだ」

と、利家は自らの茶碗をもって、囲炉裏の前にあぐらをかいて坐り、ごぶり、と飲んだ。

「ここでは、こういう作法が似合う」

荒壁作りの粗い仕立てのなか、白い椿が一本。花器は能登古窯の珠洲《すず》焼である。

「だれかが見れば、顔をしかめるのではないか」

「千宗易《せんのそうえき》（利休）どのですか」

「そう。どだい、あの男が出てきてから、諸事うるさくなった」

「なかで一番うるさくなられたのは、との御朋友ではありませぬか」

秀吉のことである。

「もっともだ。が、あれが気取って茶を飲んでいる姿は、愛嬌があってよろしい」

「ご同席なされたいのではありませんか」

「そうだな。大坂城内には金襴の茶室ができたというし、また宗易どのの渋面を見るのも楽しみだ。折を見て、一つ参ってこようか」

「ぜひ、そうしなされ。お国はもう安泰ですから」

安泰であるかどうかは別として、景政は利家に上方にいってもらいたいと思っている。北陸の鎮《しず》めとして多忙ではあっても、いまはそれだけではすまない。できるだけ、権力者のもとへ顔を出し、それらの家族、側近に会い、また訪れてくるだれかれに会っておくことが必要だった。

旧友だからといって、いつまでも北辺にくすぶっていては、旧友でなくなる恐れもある。けっして阿諛《あゆ》ではないが、交流交際を深めておくにこしたことはない。

景政はそんなことを案じている。

「そう思っている」

利家はぽつり、といった。

広間のほうでは、まだ賀宴が続いている。だれかが〝小歌〟を謡いはじめたらしい。

〝なにしようぞ、くすんで、一期《いちご》は夢よ、ただ狂え……〟

利家の愛好する歌であった。

「一期は夢よ、か」

かれは茶碗を手に抱えるようにして、低く謡った。

金襴の茶室に座し、勢威さかんな天下人と、北辺の粗い茶室で、小さな調略を考える男の姿を、利家はふと較べてみたのかもしれない。

四

二月、北国の雪が解けはじめた。

村井長頼は利家に越中侵略を乞うた。軽挙をいましめられてはいるが、ただ手をこまぬいているばかりが能ではあるまい。攻撃の色も見せておかねばならなかった。

それに、こつこつ小当たりに当たるということは、かの菊池入道の来降を促す効果もある。

「やって見るか」

利家はいい、自ら後軍となって、出陣した。

目標は越中蓮沼。

二十四日のことで、長頼は一千ばかりの手勢を率い、奇襲するとともに、民家に火を放った。越中勢があわてて追尾するところを、逆襲して百あまりの敵を討った。

利家は長頼に感状を与え、禄二千石を加増した。これを秀吉に報告したので、秀吉からの賞詞も受けている。

些事《きじ》かもわからないが、一つ一つに賞罰を正し、また秀吉に報告をするというのは、利家の律儀さを示すばかりでなく、置かれた立場をまっとうすることでもあった。

そのさい、

〈賞は大きく、罰を小さく〉

するのが、よい大名だったし、

〈律儀者〉

と表現される人物が信用厚かった。

利家はそして、律儀者の最たる者だった。

かれはつとめてそう心がけたふうがある。

人を評するにも、律儀であるなしで判断した。かれの遺言書も、家臣を律儀で区別してある。

なんでもないようだが、大ざっぱな戦国余風のなかで、ある人生観が読みとれる。

三月、成政は報復を試みた。加賀鷹巣へ迫り、民家を焼いた。利家は直ちに押し出したが、敵はもう退いたあとだった。金色打出の小槌の馬標《うまじるし》をかざした長頼は、このときも一番駈けし、追尾して三十人ばかりを討ち取った。

四月、こんどは利家の報復戦である。目標は加賀内に突き出している佐々方の鳥越城だった。

先鋒は山崎庄兵衛長徳といって、もと朝倉家の豪士である。守将久世但馬は、堅く守って出てこなかったので、まず小部隊で近隣を襲い、誘い出して大いに撃った。いったんは、旗を収めて引き揚げたものの成政はこれ以上、国境に出城を保つのは無理と考え、倶利伽羅城とともに兵を退いた。

利家は早速、この二城に兵を入れ、別に今石動《いまいするぎ》に城を設け、前田秀継を入れた。五月はじめ、早速、成政は今石動に攻めかかったが、城兵奮闘し、敗走させた。

このように、小ぜり合いが続いた。が、総じて、前田方が有利であり、佐々方がしだいに圧迫されていることが明らかだった。

〝偸組〟の報告によると、成政はそれぞれの出城に対し、堅く守り、いたずらな出撃を見合わすよう命じたという。完全防禦に廻ったらしい。

そこで利家は、大坂へ出かけることにした。

この年、秀吉も平穏な幕開けをしている。正月早々、有馬温泉に遊び、伊勢神宮の遷宮に対する費用をまかなうなどしている。

三月からは紀伊雑賀、根来を攻め、高野山を威嚇して平定した。この間、三月八日には、紫野《むらさきの》の大徳寺で大茶会を催している。秀吉から茶を賜わった者百四十三人といわれる。

利家が大坂に行ったのは、秀吉がちょうど紀伊から帰り、四国出兵を計画しているころだった。

「ようきた、ようきた」

秀吉は利家の手をとり、自慢の大天守を見せ、それからこれまた自慢の茶室へ案内した。

茶室は山里丸の一郭にある。眼もくらむばかりの金箔造りだが、なによりも千宗易が茶頭として常にひかえていることが、ある威圧だった。

武将が武功を立て、勢威を得ることには、さほどの驚きはないが、異質の権威みたいなものを、所持するという姿は、ときとして畏れを感ずることがある。

「結構な造りですな」

利家は秀吉にではなく、宗易にいった。宗易ははにかむように、微笑んだ。かつて、秀吉、利家らの主人、信長の茶頭を務めたこの男は、秀吉の趣向、趣味をどう思っていることだろう。

秀吉はしかし、

「向後《こうご》、内々のことは宗易に、公儀のことは秀長にまかしていこうと思っている」

と、こともなげにいった。

秀長は秀吉の弟で、なかなかの出来物である。縁類の少ない秀吉が、秀長に頼るのはいいとして、宗易を内々の差配にしようというわけだ。

その言葉を聞いて、宗易はまたはにかんだ。が、はにかみながらも、ある自負の色を見せないわけではなかった。

〈この男を、使いこなせるのか〉

利家は一瞬だが、そう思いながら、

「これまた、結構な仕立てですな」

と答えた。

「仕立てだけではないぞ。わしはいま内大臣だが、近いうち、関白になる」

と秀吉はいった。

「関白、ですか」

「どうや、驚いたか。将軍なぞより偉い。位を極める、というやつやな」

秀吉は無邪気にいった。

じつは、将軍になるべく、流浪の将軍足利義昭の猶子《ゆうし》になろうとして、断わられたいきさつがある。

関白就任も簡単にいったわけではない。近衛信尹《このえのぶただ》と二条昭実が争っている間隙をぬい、菊亭晴季を動かし、近衛前久《さきひさ》の猶子になる、ということで成功した。

そんな話が進行していたころである。

「それは芽出たいことですな」

「いやいや」

そこではじめて、秀吉は利家のよく知っている猿面冠者の笑いを浮かべた。

「しかし、大変なことです。雲の上の方だ」

利家はいいながら、さほどの羨望《せんぼう》も感じていないことに気づいた。

思えば、浪花《なにわ》の空に屹立する大天守も、金ピカの茶室も、天才宗易を使うことも、たいしてうらやましくなかった。天下人ならそうあって当然だと考えられた。むしろ、羨望やねたみなどの起きないおのれに、少し悲しさを感じた。

〈身分立場の確定〉

であるらしい。

「そうそう、そなたにも、位を進めてやらにゃ」

秀吉はごく気軽にいった。人によっては、気障《きざ》げに聞こえるそんな言葉も、この男がいえば、まったく邪気がない。

利家はもしそうしてくれるなら、素直に受けようと思っていた。

「そこで、話だが」

秀吉は茶を飲み干すと、宣言するようにいった。

「四国征伐がすみしだい、たぶん秋になるだろうが、越中攻めを行なう」

「待っています」

利家は秀吉の薄い顎鬚についている茶の滴《しずく》を眺めて、一礼した。

その顎鬚も、いくぶん白くなっていた。

この春、成政は富山城中に、新たに馬場を作り、一帯に桜樹を植えておいたが、花開くころ、諸将を招いて宴を張った。

菊池入道も招かれていたが、興に乗じて、自ら帯びる刀を成政に献じ、

「これはかつて謙信公より賜わったもので、鬼神大王の宝刀です。いまこれを謹しんで呈上いたします。願わくば、とのよ、この刀をもって北国鎮定をなされよ」

といった。

少し、酔っていたのかもわからない。そして、かねて圧迫されているわが身をかこちながら、桜花のもと、ついつい追従《ついしょう》する気になったのだろう。

成政はしかし、もっと酔っていた。せっかく献呈された刀を投げ捨てたばかりか、

「うぬなどわが大志を知るまい。われは天下に覇たるをもって、大願とする。北国如きは、わが眼中にない」

と喚いた。

菊池入道は面目を失った。酔興とはいえ、自らの追従にも嫌気がさした。

打ちしおれて、阿尾の城に帰ってくると、門前に、子の十六郎安信がにこにこと出

迎えていた。

傍らに、見知らぬ武士が立っている。

「何者か」

入道が訊ねると、十六郎は、

「手前が兵法の師です」

と答えた。

十六郎がかねて兵法に励んでいることは知っている。また怪しげな廻国の修行者でも引き入れたかと思い、黙殺して城内に入ろうとするのに、十六郎は入道の馬側に寄って、ささやいた。

「この仁は、中条流宗家、富田治部左衛門景政どのです。お話しなされてはいかがか」

「なに」

前田家の武将、富田景政の名は聞いている。

「会おう」

入道は馬上から、会釈した。景政は例によって、厳《いか》めしく会釈を返した。このとき、入道武勝の寝返りが決まったといっていい。

ちょうど、利家が大坂から金沢へ帰着したとき、菊池入道からの誓紙が届いた。利家からも、誓紙が送られた。

その第一条に、

〈妻子御きもいり第一のこと〉

とあった。

こんなことは隠密にすべきことだが、たいがい女子供から露顕《ろけん》する畏れがある。逃がすにしても、人質にするにしても、よくよく心得ておくことをさとしたものである。

そのうえで、本知行ほどは進上すべきことなどを、約束してある。委細は景政によることも明記してあった。

こうしておいて、七月、村井長頼は阿尾に兵を進めた。約束に従って、菊池一党は城を開けて降った。

「だれを入れますのか」

たぶん、逆襲があるに違いない阿尾の城主につき、景政が案じていった。

「そうさな」

利家は少し考え、

「慶次郎はどうか。あいつにも、城の一つぐらい、もたさにゃなるまい」

といい、独りでうなずいた。

慶次郎はこのころ青年というより、壮年に近い。年そのものより、容貌骨柄、たいそう豪儀で、もののいいよう、考え方が枯れたようになっている。

枯れた、というのは単なる形容で、ありようは、一種の拗《す》ね者じみていて、気の合う豪士どもと、酒を飲み、天下の有様をこきおろし、ときに詩歌舞踊に溺れる、といった日々である。

けっして、いい傾向とは思えない。たぶん、利家をけなしてもいることだろう。不平不満の徒はいつの世でもいることだし、それらはまた、実戦に役立つことも知っている。

が、いまや甥が叔父をけなすだけではすまない。加賀・能登二州にまたがる太守とその家中をないがしろにすることになる。

〈前田家〉

という組織を保つ空気が大事だった。

〈城主にすれば、あれも変わるかもしれない〉

利家はそう思ったのである。

慶次郎、そのころ利益と名乗っていたが、入城すると、毎日、櫓に登り、高いびきで昼寝するのが仕事だった。つけられた高畠九蔵は、はらはらしながら注意するが、利益は眼下に拡がる越中の海上から吹く風に髭をなぶらせ、心地よげに眠っている。

果たして、菊池離反に激怒した成政は、神保氏張に阿尾城を攻めさせた。利益は櫓を下り、武具も着けずに槍を揮い、おりから来合わせた村井長頼の隊とともに、敵を退けた。そしてまた、櫓の上で昼寝を楽しむのだった。

利益の挙動は困ったものだが、それをのぞけば、なにもかもうまくいっていた。八月初め、秀吉からいよいよ越中征伐に出陣する、という知らせが届き、ついで秀吉自ら八日に加賀に向かったと知らせてきた。

秀吉の軍は、いつもながらの大仕掛けだった。織田信雄、信包《のぶかね》、丹羽長重、細川忠興、金森長近、蜂屋頼隆、池田輝政、森長一、蒲生氏郷、中村一氏、堀尾吉晴、山内一豊、九鬼嘉隆ら、十万の大軍である。

十六日、秀吉は加賀松任に入った。利家はこれを出迎えたが、黄ラシャの陣羽織、七個の立物ついた兜《かぶと》を戴く行装に、秀吉はいたく感じ、わざわざ馬を下り、利家の手をとって挨拶した。

そして、小声でささやいた。

「わしゃ関白になったぞ」

その関白は逡巡することなく進軍し、富山城近くの呉服山に陣取った。

成政は当初こそ、支城、出城の勢をみな富山一箇処に集め、一戦するのだと気勢を揚げたが、越中の野山を埋めるほどの大軍を見て、茫然自失した。あの猿面冠者が、こんな大軍を率いることが、どうしても信じられなかった。しかし眼前にその景色が、儼《げん》として展開されているのだった。

しかも、せっかく山越えして同盟を誓った織田信雄さえ先手に加わっていた。衝撃だったに違いない。

成政は降参してきた。

「どうや、成政を許すか」

秀吉が利家にいった。利家は、

「おまえさまの胸一つ」

と答えた。

「いましばらく、助けておくか」

秀吉は利家に同意を求めるようにつぶやき、それで決まった。

二十九日、成政は数人の従者を連れ、秀吉の本陣へやってきた。頭はすでに丸められてあった。

「笑え、それ、笑え」

利家が大声をあげた。居並ぶ利家麾下の将卒は、いっせいに笑い、はやした。成政はその間、固く眼を閉じ、口をがっきと結んでいた。

長い佐々成政との抗争は、哄笑《こうしょう》一番で終わったのである。

上巻・了

光文社文庫

長編歴史小説

前《まえ》田《だ》利《とし》家《いえ》(上) 新装版

著者　戸《と》部《べ》新《しん》十《じゅう》郎《ろう》

2001年8月20日　初版1刷発行
2001年9月5日　2刷発行

発行者　濱井　武
印刷　豊国印刷
製本　榎本製本

発行所　株式会社 光文社
〒112-8011　東京都文京区音羽1-16-6
電話　(03)5395-8149 編集部
8113 販売部
8125 業務部
振替　00160-3-115347

落丁本・乱丁本は業務部にご連絡くだされば、お取替えいたします。
ISBN4-334-73194-5　Printed in Japan

お願い　光文社文庫をお読みになって、いかがでございましたか。「読後の感想」を編集部あてに、ぜひお送りください。

このほか光文社文庫では、どんな本をお読みになりましたか。これから、どういう本をご希望ですか。

どの本も、誤植がないようつとめていますが、もしお気づきの点がございましたら、お教えください。ご職業、ご年齢などもお書きそえいただければ幸いです。

光文社文庫編集部

★★★光文社文庫 目録★★★

★★★光文社文庫 目録★★★

★★★光文社文庫 目録★★★